俺と彼女が下僕で奴隷で主従契約
oreto kanojoga gebokude doreide shujuukeiyaku
2
JN287300

ハヤテ・ミツルギ
シェリーに召喚された契約獣《サーヴァント》。主従契約によってシェリーの下僕になる
「どうあっても私の下僕《もの》に手を出そうっていうのなら、容赦しないわよ」
「〜〜〜〜！」
シェリー・シャルラッハロート
ハヤテを召喚し、主従契約によって彼の奴隷となった魔女騎士《ヘクセンリッター》

「これはタッグ試験に向けた訓練の一環なのですわ！
何もやましいところはございません！」
ビクトリア・ヴェルデ
シェリーに対抗心を燃やしている名門ヴェルデ家の次女

「まったくこのエロ下僕は。
やっぱり私の水着に見惚れてしまったようね」

キルル・デーメテール
アリアの幼馴染でシェリーたちのクラスメイト。ハヤテに横恋慕中
「サンオイルを塗ってくださるかしら？」
アリア・ヴァイスハイト
シェリーたちのクラスの級長。契約獣《サーヴァント》マニアで、ハヤテにご執心
「で、どうなの？」
「あーうん……」
ハヤテは褒め言葉をいくつか考える。が、
「エロい」
結局いつもの感想に落ち着いた。
「あなたねぇ、たまには別のことも言えないの？」
「お前がエロキャラなのが悪い」
「失礼ね。私みたいな清純系女子を捕まえて」
「清……純……？」

「お……姉様……どうすれば……」

「それは……こうやるのだ……」
シルヴァーナ・ヴェルデ
ビクトリアの姉にしてヴェルデ家の現当主

「だから、私の一番大事なものをあなたにあげる」

俺と彼女が下僕で奴隷で主従契約2

なめこ印

ファンタジア文庫

2138

口絵・本文イラスト　よう太

俺と彼女が下僕で奴隷で主従契約

oreto kanojoga gebokude doreide shujuukeiyaku

2

contents

シェリー・
シャルラッハロート
かつて没落したシャルラッハロート家のひとり娘。失った家族を取り戻すために最強の魔女騎士（ヘクセンリッター）を目指す。ハヤテを召喚し、主従契約によって彼の奴隷となる。エロい。

シェリーの契約獣《サーヴァント》

ハヤテ・ミツルギ

シェリーによって召喚された少年。召喚される前の記憶がない。主従契約によってシェリーの下僕となり、彼女の契約者として戦う。彼の持つ『レーヴァティン』は強力無比な炎の剣であると同時に、彼自身の過去にも関わっているようでもある。

c t e r s
ビクトリアの契約獣《サーヴァント》
リンディス
(リンドヴルム)
背に翼の生えた大蛇の姿で、移動中はビクトリアの体に巻きついていることが多い。創起できる『魔導器』は『蛇翼の鞭』。
ビクトリア・ヴェルデ
名門ヴェルデ家の次女。プライドが高く、何かとシェリーに対抗心を燃やしている。男のことをまるで知らず、たまに突飛な勘違いをやらかす。ハヤテに負けて以来、彼のことが少し気になる。

レーラ・シュバルツ
シェリーたちのクラスの担任。元国家騎士団所属。常に黒い服を着ていてプライベートは謎に包まれている。しかしなぜかスリーサイズだけは知れ渡っており、上から91・63・89。
レーラの契約獣《サーヴァント》
シンドリー（ドヴェルグ）
黒き妖精とも呼ばれる種族で、高い知性を持ち様々な魔法が使える。暗くて狭いところを好み、普段はレーラの胸元のスリットの中に住んでいる。創起できる『魔導器』は『火具槌』。

c t e r s

キルルの契約獣《サーヴァント》

クロ（黒獣）

真っ黒な犬によく似た姿の契約獣で、全身から雷を発生させることができる。いつも気弱な主を心配そうに見守りながら寄り添っている。創起できる『魔導器』は『装雷神の籠手』。

キルル・デーメテール

アリアの幼馴染でシェリーたちのクラスメイト。気弱な性格でよくアリアの背中に隠れている。実は妄想癖があり、スイッチが入るとしばらく妄想の世界から帰ってこない。ハヤテに横恋慕中。

chara
アリアの契約獣《サーヴァント》
ミリア（ミミング）
機神と呼ばれる特殊な契約獣で、機械の体を持つフクロウの姿をしている。普段はアリアの肩にのっていて意外と力持ち。
アリア・ヴァイスハイト
シェリーたちのクラスの級長。普段は落ち着いているのだが、契約獣のこととなると暴走し勝ちな契約獣マニアの少女。特殊な契約獣であるハヤテにご執心。

プロローグ　嬲《なぶり》

「さあハヤテ。私の方がおいしいわよ？　召《め》し上がれ」

「お待ちなさい！　わたくしの方がおいしいに決まっていますわ！　ささっ、わたくしを選んでくださいますね？　ハヤテさん」

「何を言っているのかしら？　ハヤテのお世話は昼夜問わず私の役目よ。彼の欲望は食欲と言わず性欲と言わず睡眠欲《すいみんよく》と言わず、全《すべ》て私が叶《かな》えるの。あなたは引っ込んでいてくれる？」

「なっ、なんてハレンチな……！　い、いいえ！　ここで退《ひ》くことはできませんわ！　何があってもここはわたくしにやらせてもらいますわよ！」

「……」

ハヤテは頬《ほお》を赤らめたふたりの美少女に同時に迫《せま》られていた。

「ほら、ハヤテ」

彼の右側から迫るのはシェリー・シャルラッハロート。淡《あわ》い薔薇色《ばらいろ》の髪《かみ》にミルクのように白い肌《はだ》。そして均整のとれた肢体《したい》を胸元《むなもと》が大きく開いた制服で包む美少女だ。

ハヤテは彼女の下僕《げぼく》で、シェリーは彼の奴隷《どれい》だ。

お互《たが》いをお互いの主《あるじ》とする主従契約《けいやく》。ふたりはお互いの首に嵌《は》めた竜鱗《りゅうりん》製の首輪とともにその契約を交《か》わした。どこか歪《いびつ》で対等な、この上なく分かちがたい関係だ。

だから、彼女がハヤテの傍《そば》にいるのは別にいい。構わない……のだが、

「な、なんっ、ですの⁉　まさかわたくしを視姦《しかん》して孕《はら》ませるつもりじゃ……⁉」

ハヤテがジトッとした視線を送ると、左側から彼に迫るビクトリアは狼狽《うろた》えた声を上げながら、ギャグなのか本気なのか分からないことを言う……いや、訂正《ていせい》。男のことを知らない彼女はたぶん本気で言っている。

「いや、別に……」

ビクトリア・ヴェルデはシェリーのクラスメートだ。金髪《きんぱつ》縦ロールという凄《すご》い髪型の少女で、ついでに胸のサイズも物凄《ものすご》い。契約獣《サーヴァント》である翼《つばさ》の生えた大蛇《だいじゃ》リンドヴルムをいつも従えていて、何かと見た目が派手なお嬢様《じょうさま》だ。

彼女とは実技授業や中間考査でいろいろあったが、一時は共闘《きょうとう》したこともあり以前ほど険悪な仲というわけではなくなっていたが……

「もうハヤテったら……早く私の方のパンを食べなさいよ。おいしいわよ？」

「あっズルいですわよ！　ハヤテさんはわたくしのスープを先に召し上がるんですわ！」

(こんなシェリーと競《きそ》うみたいに、俺に手ずからご飯を食べさせてくれるほど仲よくはなってない……よな？)

周囲では貴族のお嬢様方が優雅《ゆうが》に談笑《だんしょう》している学院の食堂で、ハヤテたちの座るこの一角だけ激しい火花が散っていた。シェリーとビクトリアはお互いに譲《ゆず》る気がないようで、何が何でもハヤテに自分のものを食べさせようとしている。

なぜこの平和的な食堂でハヤテだけこんな争いに巻き込まれなければならないのだろうか？

「……」

まぁそれは置いておいて……さっきからビクトリアがやたらと密着してくるので、彼女の貴族サイズの胸がむにょんむにょんと肘《ひじ》に当たる。

彼女としてはシェリーに必死に対抗《たいこう》しているだけなのだろうけど、サイズがサイズなのでちょっと体を前に突《つ》き出すだけでこちらの肘に当たってしまうのだ。

シェリーも凄いけど、何度も言うようにビクトリアの胸も物凄い。

ハリのよさではシェリーに軍配が上がりそうだが、やわらかさではビクトリアの方が……なんてことを考えていたら、後ろからシェリーに首輪を引っ張られた。

「な、何だよ？」

「私以外の女に誘惑《ゆうわく》されるなんてどういうつもりなの、このエロ下僕」

「いや、別に誘惑されてたわけじゃ……」

しどろもどろになりながら言い訳していると、どことなくムッとした表情のシェリーは手にしたパンを小さくちぎり、そっとこちらの頬に手を添《そ》える。

「はい。あーん」

「え？　なっ、むぐ」

無理やりパンの欠片《かけら》を口に押し込まれ、ハヤテは一瞬《いっしゅん》声に詰《つ》まる。

シェリーの指はドンドン彼の口内へと割り入っていき、ぐいぐいとパンを舌の上に押しつけた。ついには二本の指で舌を挟《はさ》んで絡《から》め、唾液《だえき》をかき混ぜていく。

ちゅぱっ……と音を立てて彼女の白い指が引き抜《ぬ》かれ、透明《とうめい》な糸が尾《お》を引いた。

「……ちゅ」

「!?」

何を血迷ったのか、シェリーは引き抜いた自分の指を口に含《ふく》み、指についたハヤテのよだれを舐《な》め取り始める。

そのあまりにも官能的な光景にハヤテは半ば思考停止に陥《おちい》り……とりあえず、口の中のパンを咀嚼《そしやく》する。何か気を紛《まぎ》らわせないと頭が沸騰《ふつとう》しそうだった。

と——そこで突然《とつぜん》ハヤテは背中を押され、シェリーの胸元に顔から突っ込んだ。

「むごっ⁉」

（やわらかッ⁉）

さっきはまるでシェリーの胸がビクトリアより硬《かた》いみたいな言い方をしてしまったが、これは再評価の必要が……じゃなくて！　何すんだいきなり！

ハヤテは胸の谷間でモガモガ言っているが、彼の背中を押し、今もなおシェリーの胸に彼の頭を押しつけている張本人のビクトリアはまるで気づいていない。

「シャルラッハロートさん！　あっ、あなたこんなところでなんてハレンチなことをしていますの⁉」

（そう思うならまずこの手をどけろ！）

ハヤテはそう言ったつもりだったが、シェリーの胸が邪魔《じやま》でモガモガという音にしかならなかった。

ビクトリアは頭に血が上っているのかハヤテの状況《じようきよう》が見えておらず、シェリーはといえば特に気にする風もなく彼を胸で受け止めたままビクトリアのことを見返している。

「ハレンチも何も、このくらい私たちにとってはどうということもないわ」

「ななな何ですって⁉」

「モガーッ（ウソだーッ）！」

「下僕の躾《しつけ》をするのも世話をするのも、ご主人様である私の権利、奴隷である私の務め。

ビクトリアさんの出る幕はないわよ」

「……ッ！　わっ、わたくしが言っているのはそういうことではありませんわ！　あなたは貴族として……」

「……」

頭の上で少女たちがまだ口論を繰《く》り広げている。

一方ハヤテはといえばシェリーの胸元で窒息《ちっそく》しかかっていた。

酸欠の頭で、彼は改めて思う。

どうしてこうなった……と。

第一章　ビクトリアラプソディ

時は一日前にさかのぼる。

ディアスペル王立学院。学生寮《りょう》。

（んんん～……）

ベッドの中でハヤテは朝の微睡《まどろ》みを感じながらもぞもぞしていた。

基本的に彼はキッチリした性格ではない。特に朝は弱く、意識が覚醒《かくせい》してからも起きるどころか、まぶたを持ち上げるのにさえ十分以上かかるタイプだった。

（まだシェリーが起こしてこないし……あと五分）

そんなハヤテを起こすのはいつも同室のシェリーで、彼にとっては彼女の声が起床《きしょう》の合図となっている。

その彼女がまだ声をかけてこないということは、まだ始業ベルまで時間があるのだろう……と勝手に決めつけ、ハヤテは二度寝《にどね》に突入《とつにゅう》しようとした。

「う～ん……」

ハヤテは寝ぼけた声を上げながら寝返りを打つ。

——と、そんな彼の顔に、寝床《ねどこ》のぬくもりとは違《ちが》う別のぬくもりがぽにゅんっと当たった。

「ん～？」

何だろう……このやわらかさは枕《まくら》とも違う。それよりもずっとやわらかくて、もちもちしてて、気持ちいい……。

ハヤテはまだまぶたを閉じたまま、その謎《なぞ》のぬくもりを両手でもみもみする。

「……あんっ」

「………………!?」

何だ今の喘《あえ》ぎ声!?

数秒遅《おく》れで驚《おどろ》きながら、ハヤテはバチッと目を見開いた。

「おはようハヤテ」

そんな彼に向かって朝のあいさつを告げる声がひとつ——シェリーだ。

それはいつも起きる時間を報《しら》せる声と同じものであった……ただ一点、彼女が全裸《ぜんら》でこちらのベッドにもぐり込んでいるところ以外は。

「なっ……なっ、何してるんだお前!?」

「添い寝」

驚愕《きょうがく》しながら尋《たず》ねるハヤテに、平然と答えるシェリー。

見事にお互いの状況に対する認識《にんしき》が噛《か》み合っていなかった。

「ん？　うわあっ！」

そこでハヤテは自分がシェリーの豊かな胸を揉《も》んでいるのに気づき、慌《あわ》てて両手を離《はな》す
――が、そうしたらそうしたで隠《かく》れていた彼女の胸のさくらんぼが露《あら》わになり、もうどうしたらいいのか分からずベッドから這《は》い出た。

「そんな逃《に》げなくてもいいじゃない」

「逃げるわ！」

不満そうに言うシェリーにハヤテは叫《さけ》び返す。

「ふふふ」

まだ心臓がバックンバックン高鳴っているハヤテを見て、いちおう満足したらしいシェリーは微笑《びしょう》を浮《う》かべる。

「すっかり目は覚めたようね」

「……おかげさまで」

「ハヤテは朝に弱いみたいだし、これからは毎日こうやって起こそうかしら？　何度も起

こすのって手間なのよね」

「明日《あした》からは一発で起きるから勘弁《かんべん》してください！」

ハヤテは懇願《こんがん》する。

シェリーはそれにイエスともノーとも言わずに、シーツを剝《は》いで立ち上がった。またしても彼女の全裸を直視してしまい、ハヤテは慌てて後ろを向く。

彼女はそのままタンスへ近づき、今日の下着を選び始める。

「さて、今日も教室に行きましょうか」

「？」

クールな彼女にしては珍《めずら》しい妙《みょう》にそわそわとした声にハヤテは首を傾《かし》げる。

「今日って何かあったっけ？」

「ええ。私たちにとっても大事な日よ」

シェリーは漆黒《しっこく》の下着を穿《は》きながら答える。

「中間考査の結果が今日発表されるわ」

▽

ディアスペル王立学院。イヴァルディ教室。

午前中の授業を消化して昼食をとる昼休憩《きゅうけい》の時間になった時、ついにそれは訪《おとず》れた。

「おーい、ついに中間考査の結果が出たみたいだよ」

教室に入ってきたアリアはハヤテたちに手を振《ふ》りながら大声で言った。

「わざわざ見に行ってくれたのか、ありがとな」

「いやいや。まあ、どうしてもお礼がしたいなら今度一緒《いっしょ》にお風呂《ふろ》に」

「断る」

どんな時でもアリアの契約獣《サーヴァント》マニアっぷりは相変わらずだ。

「はぅぅ～～、ついにこの時が来てしまいました～」

「ん？」

唐突《とうとつ》に泣きそうな声がアリアの後ろから聞こえてきて、ハヤテは何だろうと思って彼女の背中を覗《のぞ》き込む。

するとそこには彼女の制服を摑《つか》みながら、ぶるぶると震《ふる》えているキルルの姿があった。

「キルルはどうしたんだ？」

「どうもキルルは自分の結果を見るのが怖《こわ》いらしくてね。朝からずっとこの調子なのさ」

「絶対ぜったい最低評価に決まってるもん！」

「大丈夫大丈夫《だいじょうぶ》。キルルより先に私が棄権《きけん》してるから、最低評価ってことはまずないよ」

「でも〜」

小動物みたいに震えながらキルルは何度も体を揺《ゆ》すった。決闘《けっとう》の時は意外と凜々《りり》しい表情も見せたけれど、日常生活ではまだまだアリアに頼《たよ》りきりらしい。

まあ、それはそれとして。

「結果が出るのを二週間も待ったんだもの。早速《さっそく》私たちも見に行きましょうか」

「だな」

シェリーの言葉に頷《うなず》き、四人一緒に結果の張り紙が掲示《けいじ》されているエントランスホールへ向かう。すると掲示板《けいじばん》の前にはハヤテたちと同じ目的の生徒たちで溢《あふ》れ返っていた。

「凄《すご》い人の数だな」

「みんな自分の結果が気になるんだろうね」

「そりゃそうか」

とはいえ、こうも人が溢れ返っていては前に進めない。休み時間が終わるまでに結果が確認できるかどうか微妙《びみょう》なところだ。

「下僕《げぼく》。剣《けん》を抜《ぬ》いていいから目の前の人垣《ひとがき》を蹴散《けち》らしなさい」

「できるかバカ野郎《やろう》」

「野郎?」

「失礼。お嬢様《じょうさま》」

「で、剣を」

「却下《きゃっか》」

ハヤテは右手の甲《こう》に浮かぶ結印と、シェリーの胸元《むなもと》にあるそれを重ね合わせることで、炎《ほのお》の剣『レーヴァティン』を抜くことができる。

だが、そんな危険なものを使って目の前の少女たちを蹴散らすなんて論外だ。

まあ、シェリーも本気で言っているわけじゃないだろうが……。

「あとで胸を揉ませてあげるって言っても？」

「……」

本気じゃないと思うから。信じてるから。

とはいえ……まあ、シェリーだって人の子だ。結果はやはり気になるのだろう。

（それにシェリーには最強の魔女騎士《ヘクセンリッター》になるって目標もあるし）

最強の魔女騎士《ヘクセンリッター》となって家族を取り戻《もど》す。

シェリーの夢であり、俺が彼女の下僕として戦う理由だ。

この結果発表は夢への第一歩……気になる気持ちも実は人一倍なのかもしれない。

「ん……やっぱりここからじゃ見えないわね」

今も背伸《せの》びまでして、何とか結果の張り紙を見ようとしているし。

しゃーない。蹴散らすのは当然却下だけど、前の人に頼《たの》んで譲《ゆず》ってもらえないか聞くらいしてみよう。

「なあ、あの……」

「えっ？　キャアア！　オトコだわ！」

「へ？」

少女の肩《かた》を叩《たた》いたらいきなり悲鳴を上げられ、ハヤテはギョッとする。

さらに今の悲鳴が呼び水となって、掲示板の前に集まっていた少女たちが次々と振り返った。

「ホント、例の男の人だわ」

「契約獣《サーヴァント》なのに『魔導器《ワンド》』が使えるっていうあの？」

「ひとりでキュクロプスを撃破《げきは》したって」

「あのビクトリアさんにも勝ったとか」

……なんかこそばゆいな。

周りから聞こえてくるひそひそ話は、たとえばハヤテが扱《あつか》うのは『魔導器《ワンド》』ではなく『魔神器《ゼーレ》』だったり、キュクロプスを倒《たお》したのはひとりの力ではなかったりと、微妙な間《ま》違《ちが》いや誇張《こちょう》が入っていたが、どれも聞いていて背中がムズムズするものばかりだった。

ただまあ悪い気はしない……なんて思っていると。

「でもハヤテさんって、とても手が早いそうですわよ」

「手が早いって？」

「女性にすぐエッチなことをするらしいです」

「契約者のシェリーさんと同室で」

「毎晩お部屋から変な声が聞こえてくるとか」

「キルルさんとアリアさんも餌食《えじき》に」

「ビクトリアさんも妊娠《にんしん》させられたそうですわ」

「……ちょっとうらやましいですの」

噂話《うわさばなし》が急にハヤテの女性関係についてに変化し、しかもあることないこと誇張されまくった噂まで聞こえてきて……

「何なんだその噂は！　誤解だ！」

「「「キャアーッ！」」」

思わずハヤテが叫ぶと、怒鳴《どな》られたと勘違《かんちが》いした少女たちがいっせいに悲鳴を上げて彼から距離《きょり》を置く。

結果としてハヤテたちの行く手をふさいでいた人垣が真っ二つに割れ、図《はか》らずとも先程《さきほど》のシェリーの命令通り掲示板までの道ができる。

「……どうぞ、ご主人様」

「よくやったわ、下僕」

涙《なみだ》を堪《こら》えるハヤテを労《ねぎら》いつつ、シェリーは開けた人垣の間を堂々と進む。キルルとアリア、肩を落としたハヤテもそのあとに続いた。

そうしてみんなで掲示板の前までできて、張り紙の中から自分たちの名前を探し始める。

「あっ、シェリー君の名前があったね」

「え」

予想より早くアリアがシェリーの名前を見つけたので、俯《うつむ》いていたハヤテも顔を上げた。

「ほら、『38位』のところだよ」

「えーと、あっホントだ」

言われた順位の横には確かに『シェリー・シャルラッハロート』の名前がある。ハヤテは彼女の契約獣《サーヴァント》という立場なので名前は書かれていない。

だが、あれは紛《まぎ》れもなくハヤテとシェリーのふたりが勝ち取ったランキングだ。

「確か学院の生徒数が約百六十人だから……おめでとう。文句なしの上位ランカーだね」

「おっおめでとうございます」

ふたりから賞賛を受け、ハヤテは若干《じゃっかん》照れながら、シェリーも微笑を浮かべて答えた。

「ありがとな。アリア、キルル」

「ありがとう。これで目標に一歩近づいたわ」

▽

結果を確かめたハヤテたちは食堂へ向かい、いつも通り四人で食事をとっていた。

「それにしても意外とあっさり上位に食い込めたわね」

「うーん、やっぱりキュクロプスの単独撃破が高評価につながったんじゃないかな」

「でも、単独じゃないだろ。キルルたちも一緒に戦ったんだし」

「あたしたちは途中《とちゅう》でやられちゃいましたから……。倒したのはハヤテさんたちの力だと思いますよ」

食事中、花が咲《さ》く話題はやはり発表されたばかりの『学内ランキング』と試験のことだ。

ハヤテたちだけでなく、周りのテーブルでも同様の話で盛り上がっている。

「まあ、一緒に戦ったっていうのはキチンと評価されていたと思うよ。私なんか試験は二番目に棄権《リタイア》したのに『78位』。キルルだって『62位』だ。もう少し頑張《がんば》れば上位に食い込める順位だよ」

「あ、あたし夢みたいです……」

キルルは頰《ほお》を上気させながら呟《つぶや》いた。結果を見る前のネガティブ感はすっかり吹《ふ》き飛んだようだ。

そんな幼馴染《おさななじみ》を微笑《ほほえ》ましく見つめつつ、アリアは昼食のスープをひと口飲む。

「ともあれ、これからみんな気をつけないとね」

「気をつけるって、何をだ？」

意味深なことを言うアリアに聞き返す。

「私みたいな契約獣《サーヴァント》マニアは別として、普通《ふつう》はみんなランキング上げに必死だ。そういう意味でランクは高いけど実戦経験に乏《とぼ》しい一年生は、上級生にとっていいカモなのさ」

「ひぃぃぃ～～」

キルルのテンション急降下。

そういえば一年生最初の中間考査は別として、以降の試験は全《すべ》てランキングの上位・中位・下位ごとのグループで行われる。つまり学年に関係なく、ハヤテたちは上位ランカー同士、キルルとアリアは中位ランカー同士の中で試験を受けるのだ。

「確か『50位』以上がだいたい上位ランカーだっけ……。てことは、『39～50位』の奴《やつ》らにこれから狙《ねら》われるのか」

「そうなるわね。それに——」

シェリーは優雅《ゆうが》に紅茶を飲んでひと呼吸置きつつ、平静な声でつけ加える。

「——私たちの場合、勝敗を左右する魔女騎士《ヘクセンリッター》である私の戦闘力《せんとう》が極端《きょくたん》に低いわ。同時にハヤテの強さも評判になっているでしょうけど、弱い私を狙って倒せば楽にランキングを上げられると目論《もくろ》む輩《やから》も多いかもね」

「なんとも気の滅入《めい》る話だな」

「そうね。でも、私たちが目指すのは『学内ランキング』のトップ……いえ、魔女騎士《ヘクセンリッター》の頂点よ。その程度の障害につまずくわけにはいかないわ」

聞く者によっては調子に乗るなと怒《おこ》り出しそうなセリフを堂々と言い切り、シェリーは再び紅茶タイムに戻る。

（まあ、でもシェリーの言う通りか）

最強の魔女騎士《ヘクセンリッター》になるには『八大魔宴《ヴァルプルギス》』と呼ばれる武闘《ぶとう》大会に出場する必要があり、『学内ランキング』のトップないし二位になればその大会のシード権が与《あた》えられる。

彼女の夢への最短ルートを駆《か》け抜けるには、こんなところでつまずいている暇《ひま》はない。

ハヤテが改めて気合いを入れ直し、昼食のパンにかぶりつこうとした時、バシンッ!!

とテーブルを叩く者が現れて、思わず彼はパンを取り落としてしまう。

「納得《なっとく》がいきませんわ！」

テーブルを叩いた張本人——ビクトリアはそのツリ目をいつも以上に吊《つ》り上げて、いきなりハヤテとシェリーに怒鳴りかかった。

「シャアァー！」

彼女の契約獣《サーヴァント》であるリンドヴルムも威嚇《いかく》するように舌をチロチロと伸《の》ばす。

「ひぅっ！」

「グルルル」

驚《おどろ》いたキルルはアリアの背に隠《かく》れ、彼女の契約獣《サーヴァント》である黒 獣《ブラックドッグ》は主《あるじ》を護《まも》ろうと翼《つばさ》ある大《だい》蛇《じゃ》に向かって唸《うな》り声を上げた。

一瞬《いっしゅん》の内に一触即発《いっしょくそくはつ》……っぽい空気になりかけるが、そもそも何でビクトリアが怒っているのかがさっぱり分からない。

「えーと……」

「納得がいかないって、何のことかしら？」

ビクトリアの勢いに気圧《けお》されているハヤテより先に、まるで動揺《どうよう》していないシェリーが彼女に尋《たず》ねた。

「当ッ然、あの『学内ランキング』のことですわ！　わたくしが『45位』なのに、何であなたが『38位』なんですの!?」

（あー、なるほど……）

ビクトリアも何かと縁《えん》のある少女なので、彼女がランキング『45位』だったのはハヤテもチラリと確認していた。とはいえまさかこんな抗議《こうぎ》……というか言いがかりに近い文句を言ってくるとは……。

「何でと言われてもね。順位は学院が決めるのだし、私に言われても困るのだけれど」

「そういう問題ではありませんわ！」

「『45位』なら充分《じゆうぶん》上位ランカーじゃない。いったい何が不満なのかしら？」

「そんなのっ！　わたくしがあなたに負けていることに決まっています！」

シェリーがいくら真っ当な正論を返そうとも、プライドの高いビクトリアは全然納得がいかないようだ。

まあ所詮《しよせん》は言いがかりなのだし、シェリーに任せて放《ほう》っておいてもいいかな……と思ったら、

「まあ、痴情《ちじよう》のもつれかしら？」

「あの男が二股《ふたまた》をかけていたんだとか」

「契約獣《サーヴァント》として召喚《しょうかん》されたわけですし、やっぱりあちらの方もケダモノで……」

「ねぇ、男女が同じ寝床《ねどこ》で眠《ねむ》ると子供ができるって本当ですの？」

「私も混ぜていただけないかしら……」

なんか俺への風評被害《ひがい》が拡大してる⁉

「そんなッ⁉　シェリーさんならまだしも、ビクトリアさんまで……！　……あっ。で、でもそれならあたしもハヤテさんに……あぅ！　そんないきなり四人でなんて……けどハヤテさんが望むならあたしは……あたしは！」

おまけに周りの根も葉もない噂話を真に受けたキルルも、なんか妄想《もうそう》モードに入ってトリップしてるし！

これは早く事態を収拾しないとマズいことになりそうだ。主に俺が。

「な、なあビクトリア」

「へあッ⁉」

ハヤテがふたりの仲裁に入ろうと声をかけると、ビクトリアは急に素《す》っ頓狂《とんきょう》な声を上げてあとずさる。

「ななな何ですのいきなり⁉　急に話しかけないでくださる⁉」

「いや、突然怒鳴《とつぜんどな》り込んできたお前に言われたくないんだが」

「あっあなたに急に声をかけられると心臓がビックリしてしまうんですわ！」

ビクトリアは頬を朱《しゅ》に染めながら、よく分からない批難をぶつけてくる。それがまた周囲の少女たちには修羅場《しゅらば》に映ったらしく、ハヤテ鬼畜《きちく》説が加速していった。

「とにかくここで騒《さわ》ぐのはやめてくれ！　なんか噂《うわさ》がドンドン変な方向に進んでるから」

「そ、それ以上近づいたらリンディスに嚙《か》みつかせますわよ！」

「シャアー！」

大蛇の契約獣《サーヴァント》に威嚇され、ハヤテは慌《あわ》てて制止する。

「何もそこまで警戒《けいかい》することないだろ」

「いいえ！　今あなたは食事中でしょう。警戒するのは当然ですわ！」

「？」

食事中なのと大蛇をけしかけられることの間にどんな因果関係が？

「聞いたことがありますわ……男性は時折気に入った女性を〝おかず〟にすることがあると。あなた、わわわたくしのこの胸を〝おかず〟に昼食を済ませるおつもりでしょう!?　そんな企《たくら》みはお見通しですわ！」

「「「……」」」

凄《すご》いな……この食堂全体を包むほどの残念な空気。誰《だれ》にだって作れるものじゃないぞ？

ビクトリアが男に対して極端な偏見《へんけん》を持っているのは知っていたが、またブッ飛んだ勘《かん》違《ちが》いをしているようだ。

「……ふぅ。ビクトリアさん。ちょっと」

なりゆきを見守っていたシェリーがため息をつき、ビクトリアに軽く手招きする。

「な、何ですの？」

「いいから耳を貸しなさい」

そう言うとやや強引《ごういん》にシェリーは相手の耳元に口を寄せ、ごにょごにょと小声で耳打ちし始める……と、時が経《た》つにつれドンドンビクトリアの顔が赤くなっていった。

「え……ぁ……おかずって、そういう……」

最終的に完熟トマトよりも真っ赤になったビクトリアは、あぅあぅと口を動かすばかりで何も言えなくなってしまった。

騒ぎの中心だった彼女が黙《だま》ってしまったため、食堂には妙《みょう》な沈黙《ちんもく》が下りてしまったわけだが……その時、彼女らの担任であるレーラが食堂の入り口に現れた。

「ヴェルデはいるか？」

「はっ!?　はひゃい!?」

入り口に背を向けていたビクトリアは不意打ちされたみたいに肩《かた》を竦《すく》ませ、慌ててレーラの方を振《ふ》り返る。

「来客だ。ついてこい」

「わ、分かりましたわ」

ビクトリアは助かったとばかりにそそくさと食堂から出て行った。

それで一連の小騒動《そうどう》は終わった感じになり、みんな再び食事と歓談《かんだん》に戻《もど》り始める。

ハヤテもなんだか妙に疲《つか》れる羽目になったが、昼食の残りを片づけることにした……が、その前に。

「シェリー。お前さっきビクトリアに何を話したんだ？」

「彼女がヒドい勘違いをしているようだったから、キチンと訂正《ていせい》しておいたのよ」

「……ああそう」

親切には違《ちが》いないんだろうが、あんな平然とした顔である種のエロトークを耳打ちできるのはさすがだと思う。

ハヤテはやれやれと思いながらコーヒーの入ったカップに口をつける。

「それにしても本当にヒドい勘違いよね。ハヤテの〝おかず〟は私ひとりで充分なのに」

「ブフゥッ‼」

▽

昼食を終えたハヤテたちは教室へと戻ったあと、模擬《もぎ》訓練場へと移動した。午後最初の授業はレーラの実技授業だ。

「試験も終わって貴様らも『魔導器《ワンド》』の扱《あつか》いに多少は慣れた頃《ころ》だろう。そこで今日は魔技《マギカ》について学んでもらう」

授業のはじめに、レーラは居並んだ生徒たちの前で講義を始める。

「『魔導器《ワンド》』はそれぞれ固有の魔技《マギカ》を持つ。相手を攻撃《こうげき》する技《わざ》、自身の能力を高める技、あるいは仲間を支援《しえん》する技など、その種類は多岐《たき》にわたる。中には魔法《まほう》のように詠唱《スペリング》が必要なものもある」

「はい、先生」

レーラの説明を聞いていた生徒のひとりが手を挙げる。

「何だ?」

「もしよろしければレーラ先生の魔技《マギカ》を見せていただいてもよろしいですか?」

「まあ! それはいいお考えですわ」

「先生! 私も見たいです!」

彼女の提案にほかの生徒からも賛同の声が上がる。

それを聞いたレーラは少しだけ首を傾《かし》げ、

「私の魔技《マギカ》は少々手本に向かないが……まあいい。シンドリー」

レーラがふと誰かの名前を呼ぶと、彼女の豊満な胸元《むなもと》——黒衣に開いたスリットから翅《はね》の生えた肌黒《はだぐろ》の妖精《ようせい》が現れる。

（あのスリットって意味があったのか）

軽く驚愕《きょうがく》するハヤテ。

「なあ、あの契約獣《サーヴァント》は？」

「黒き妖精とも呼ばれるドヴェルグという契約獣《サーヴァント》よ。肉体的な戦闘《せんとう》力は低いけれど、高い知性に加えて様々な魔法が使えるわ。あと暗くて狭《せま》いところが好き」

だからレーラは普段《ふだん》から黒い服を着て、あの胸の谷間にドヴェルグを住まわせているのか。納得《なっとく》。確かに暗くて狭そうだ……圧迫《あっぱく》感も凄そうだけど。

うらやましいと思わないでもない。

「……見すぎよ」

「あ、いや……」

思わずレーラの胸をガン見していたハヤテは、シェリーに冷たい目で見られて慌てる。

「創起《キャスト》──『火具槌《ドヴェルグハンマー》』」

レーラが呼び出した『魔導器《ワンド》』は、長身の彼女に見合う巨大《きょだい》な戦槌《せんつい》だった。

クールなイメージにそぐわぬ武骨な『魔導器《ワンド》』にやや驚きを覚えると同時に、あの戦槌を使っていったいどんな技がくり出されるのかワクワクする。何と言うか……ハンマーには男心をくすぐるものがあるのだ。

が。

「……と、出しはしたが、今から見せる魔技《マギカ》にこれは使わない」

レーラの言葉に思わずハヤテはコケそうになる。

「ではなぜ出したのかと言えば、魔技《マギカ》を使うには『魔導器《ワンド》』を創起《キャスト》する必要があるからだ。『魔導器《ワンド》』なしで、魔技《マギカ》のみを使うことはできない。覚えておけ」

そう言うとレーラは片手で軽々と『火具槌《ドヴェルグハンマー》』を持ち上げ、前へとかざす。

すると、彼女の周りに魔法陣《じん》が展開され、赤と黒が入り混じった燐光《りんこう》が弾《はじ》けた。

それはまるで鍛冶《かじ》職人がハンマーで焼けた鉄を打つ際に出る火花のようだ。

「形状は片刃剣《かたばけん》、付与《ふよ》するは鋭《するど》き鋭き硝子《ガラス》のごとき刃《やいば》、顕現《けんげん》せよ、顕現せよ、何者をも斬《き》り裂《さ》く剣」

黒衣の教師のハスキーボイスが静かに綴《つづ》る。

彼女の望むものを。

彼女が創《つく》るものを。

彼女の魔技《マギカ》が顕現する。

「魔技《マギカ》――鍛冶神工房《ニザヴェリルスミス》」

締《し》めにレーラが魔技《マギカ》の名を呟《つぶや》くと、魔法陣が激しく輝《かがや》き出し――次の瞬間《しゅんかん》には、彼女の持つ戦槌は、刃の向こうが透《す》けて見えるほど薄《うす》く鋭い剣へと変化した。

彼女はビュンッと一度剣を振ってみせてから、生徒たちへと視線を戻す。

「これが私の魔技《マギカ》のひとつ鍛冶神工房《ニザヴェリルスミス》だ。見ての通り、己《おのれ》が想像した武器を創造する魔技《マギカ》となる。今回は実演のため付与した特性は『鋭い刃』の一点だけだが、付与できる特性は互《たが》いが矛盾《むじゅん》した条件でない限り無限だ」

多少の制限はあるがどのような武器でも創《つく》れると聞き、生徒たちの間から感嘆《かんたん》のため息が漏《も》れる。

レーラは特にそれには応《こた》えず、自分の肩に止まった黒き妖精の頭をやさしく撫《な》でた。

「ちなみに形状の指定は最小限でいい。最終的な調整はこのシンドリーがやってくれる。ただし付与する特性が増えれば創造するまでの時間が増え、契約獣《サーヴァント》への負担も増えてしまう。また創造中は無防備になるため、使いどころを誤れば終わりだ」

最適なタイミングで最適な武器を創り出せれば優位に立ち回れるが、自身の置かれた状《じょう》況《きょう》を瞬時に判断できなければ大きな隙《すき》をさらすことになる……か。確かに使いどころが難しそうな技だ。

レーラは手にした片刃剣を元の戦槌へと戻す。主《あるじ》がそうすると自分の役目は終わったとばかりに、肩の上の黒妖精も彼女の胸の谷間へともぐり込んでいった。

「分かりやすい攻撃的あるいは防御《ぼうぎょ》的な魔技《マギカ》ではないため、あまり参考にはならなかったと思うが、このように魔技《マギカ》はただ単に『魔導器《ワンド》』を振るうよりも戦術の幅《はば》を広げてくれる。『ランキング戦』や魔獣《まじゅう》との戦いで生き残るためには、取得は必須《ひっす》だと思え」

「はい！　先生のほかの魔技《マギカ》は見せてくれないんですか？」

「この場で使うと貴様ら全員を巻き込むことになるが、それでも構わないか？」

「「「「……！（ブンブン）」」」」

「そうか」

質問した生徒を含《ふく》め、全員が首を横に振ったのを見てレーラは頷《うなず》く。

「次にどうすれば魔技《マギカ》を使えるようになるか……というか、魔技《マギカ》が解放されるのかだが」

（……解放？）

あえて言い直したレーラに対し、ハヤテを含めた数人が小首を傾げる。

「第一の条件は『魔導器《ワンド》』そのものの扱いを習熟することだ。これは鍛錬《たんれん》するしかない。強くなればなるほど魔技《マギカ》も次々と解放されていく」

非常に分かりやすい条件だった。

次に、とレーラは言葉で間を挟《はさ》む。

「第二の条件は契約獣《サーヴァント》との信頼《しんらい》関係だ」

「信頼関係……ですか？」

ひとりの女生徒が困惑《こんわく》した様子で自分の契約獣《サーヴァント》の顔を見た。

「クゥー」

彼女の契約獣《サーヴァント》は人を乗せて飛べそうなほど大きな鳥――グリフォンというらしい――だが、見た目に反して意外とかわいい鳴き声だった。ギャップがあるせいか、余計にかわいく見える。主との関係も良好そうだ。

「ただのお友達では足りないということだ。必要なのは〝互いに信じ合い頼り頼《たよ》られる関係〟。そのために必要なのは深い相互《そうご》理解。自分の契約獣《サーヴァント》に何ができて何ができないのか、それを知らないようでは頼りようもないからな。逆も然《しか》りだ」

生徒一同はレーラの話になるほどと頷いた。

「先程《さきほど》、『魔技《マギカ》が解放される』と言ったが、充分《じゅうぶん》な技量と契約獣《サーヴァント》との信頼関係というふたつの条件を満たすと、今まで閉じていた箱が開いて中身が解放されるように、自然と魔技《マギカ》の使い方が魔女騎士《ヘクセンリッター》の頭の中に流れ込んでくる」

(俺が『レーヴァティン』の真銘《まな》を知った時みたいにってことかな?)

あの時も剣の真銘と不思議な詩《うた》が脳内に流れ込んできた。

なんだか『魔導器《ワンド》』も『魔神器《ゼーレ》』も自分の使い手の力量を推《お》し量っているみたいだ。相応《ふさわ》しい力を備えた主にのみ魔技《マギカ》を授《さず》ける……そんな風に感じる。

「では各自エリア内で分かれ、魔技《マギカ》の取得を目指し自主的な特訓に励《はげ》め。質問があれば私に聞きにこい。それと魔技《マギカ》が解放されたと思った者も技を試《ため》す前に私に報告しろ。周囲に思わぬ被害《ひがい》を与《あた》える恐《おそ》れがあるからな」

レーラがひと通りの注意事項《じこう》を告げると、生徒たちはエリアの各所へと散っていく。中には早速《さっそく》質問しに行く者もいた。

「さて、それじゃ俺たちはどうする?」

とりあえず訓練を始めるのか、それともレーラにコツなどを教わりにいくのかという意味で、ハヤテはシェリーに意見を伺《うかが》う。

(……あれ? そういえば俺たちの場合どうなるんだ?)

自分たちの場合、シェリーが魔女騎士《ヘクセンリッター》でハヤテは契約獣《サーヴァント》の立場だが、『魔神器《ゼーレ》』を手に戦うのはハヤテだ。通常の魔女騎士《ヘクセンリッター》たちとは逆になる。

（それとも逆でも基本は変わらないのか？　レーラも〝互いに信じ合い頼り頼られる関係〟が大事って言ってたし。どちらか一方が主体になるわけじゃないなら、結局は同じか）

「おわっ！」

ハヤテが珍《めずら》しくマジメに考えていると、不意にその顔を下からシェリーが覗《のぞ》き込んだ。

「何を珍しくマジメ腐《くさ》った顔で考え込んでいるの？　私の話を聞いていた？」

「え？　あー……」

そういえばこのあとどうするのか、質問を投げかけていたのはこちらの方だった。直後に考え事に没頭《ぼっとう》し、シェリーのセリフを聞き逃《のが》していたようだ。

「すまん。聞いてなかった」

「そう。じゃあ、聞いてなかったあなたが悪いわね」

何をと尋《たず》ねる間すらない。

むにょんっ
「なっ⁉」

「どう？　気持ちいい？」

シェリーはさらりと——ハヤテの右手首を握《にぎ》って、その手の平を無理やり自分の胸に押しつけながら——こともなげに訊《き》いてきた。

そんなもん気持ちいいに決まってる……が、問題はそこじゃない。

「な……に、を……いきなりこんなことしてんだよ？」

「だから、お互いの信頼関係の向上——つまり親密度を上げるためのコミュニケーションよ。さっき私から提案したでしょう？　もっともハヤテは聞いてなかったみたいだけど」

「コミュニケーションという名の逆セクハラじゃねーか！」

「だって私たち、もうすでにキスだって済ませてるじゃない。それなのに魔技《マギカ》が解放されないってことは、それ以上のことをして親密度を上げなきゃいけないんでしょう？」

「そ、そうなるのか……？」

「そうなるわね。つまりハヤテには私の胸に触《さわ》る義務があるのよ」

「……いや、騙《だま》されないぞ！　親密度っていうか信頼関係って、なんかこう……とにかくこういうんじゃないだろ⁉」

「あら？　そのわりには手を離《はな》さないみたいだけど？」

「……っ」

手を離さないのはシェリーが手首を摑《つか》んでるから……いや、確かに強引《ごういん》に振《ふ》り払《はら》えば離すのも可能だろうが、半ば剝《む》き出しの〝北半球〟に埋《う》もれる五指から伝わる甘美な誘惑《ゆうわく》を振り解《ほど》けないのも事実……欲望に屈《くっ》する自分が憎《にく》い！

「ん……」

無意識に力を入れてしまったのか、シェリーが頰《ほお》を染めながら小さく声を漏らした。

……やってることは大胆《だいたん》なクセに、垣間見《かいまみ》せる表情は穢《けが》れを知らぬ乙女《おとめ》のようだ。いや、実際にそうなのだろうけど。男に胸を揉《も》まれることに対する恥《は》じらいを持ちつつ、ハヤテにならば何をされてもいいと彼女は思っているのだ。

「ほら、なんならもっと揉みしだいてもいいのよ」

口ではそんなことを言いながら、胸の奥では心臓が早鐘《はやがね》を打っているのが手の平に伝わってくる。

なんだ……この、色っぽいのにかわいいっていうか……たまらないとか、愛《いと》しいとか、そういう気持ちが全部ごちゃ混ぜになって、今にも爆発《ばくはつ》しそうだ！

だが、そうなる前に。

「シャルラッハロート。別に貴様らが乳繰《ちちく》り合うのは構わんが今は授業中だぞ」

「あ……」

横合いからレーラに声をかけられ、ハヤテはハッと現在の状況に気づく。

広いエリア内にバラけているとはいえ、二十人近い生徒がいる前でシェリーの胸を揉んでいる……という、とんでもない状況に。

「なっ、なんてはしたないんでしょう⁉」

「こんな人前でなんて、やはりケダモノ……」

「でもシェリーさん、なんだか気持ちよさそうですわ」

「自分で触るより気持ちいいのかしら……？」

そこかしこで大なり小なり顔を赤くした少女たちが、授業のことも忘れてハヤテたちのやり取り——というかエロ行為《こうい》に興味津々《しんしん》な目を向けていた。

「ちがっ……これは、その……ちが——う！」

慌《あわ》てて胸から手を離しながら、ハヤテは弁解にもなってないセリフを叫《さけ》んだ。

▽

多大な精神的ダメージを受けたハヤテはフラフラと廊下《ろうか》を歩いていた。

隣《となり》にシェリーはいない。珍しく今はひとりだ。

（さすがに気まずい……ちょっと落ち着いてからでないと顔も合わせられない）

頭を冷やすためこうして歩いているが、油断すると手の平にシェリーの胸の感触《かんしょく》が甦《よみがえ》ってきて……いつまで経《た》っても体の熱が下がらなかった。

(そういや、俺たちが騒《さわ》いでたのに今日はビクトリアが文句言ってこなかったな)

ハヤテは思考を切り替《か》えるために、金髪《きんぱつ》縦ロールの少女の顔を思い浮《う》かべる。

(あれ？　ていうか、さっきの授業あいつっていたっけ？)

インパクトの強いイベントがあったせいか、その辺の記憶《きおく》にいまいち自信がない。

(そういえば来客がどうとかって食堂でレーラが言ってたような……)

ハヤテが昼食時のことをつらつらと思い出していると、不意に廊下の角から飛び出してきた人影《ひとかげ》とバッタリ鉢合《はちあ》わせになった。

「おっと！」

「きゃっ！」

幸いぶつからなかったが、出会い頭だったのでお互いにビクッと立ち竦《すく》んでしまう。

そして反射的に相手の顔を見やれば……たった今思い浮かべていたビクトリアが、ハヤテと同じような表情で固まっていた。

「よ、よう。どうしたんだ？　こんなところで」

とりあえず、軽いあいさつのつもりで片手を上げてみせるが、

「ししし失礼しますわ！」

なぜかビクトリアはハヤテの顔を見るなり、慌てたように元来た道を逆走して姿を消してしまった。

(何だ？　また男に関して変な勘違《かんちが》いでもしたのか……？)

ハヤテは首を傾《かし》げつつ、ふと廊下に誰《だれ》かのハンカチが落ちていることに気がつく。

見るからに高級そうな（というかこの学院で見るものは大抵《たいてい》高級そうなのだが）意匠《いしょう》の施《ほどこ》されたデザインで、周囲に人影も見当たらないことからおそらくビクトリアが落としていったもののようだ。

「まあ、教室で返せばいいか」

そう考えてハヤテはいったんハンカチをポケットにしまうが——彼の目論《もくろ》みはははずれ、ビクトリアは次の授業も欠席し、そのまま放課後になってしまった。

(仕方ない。部屋に届けるか)

「ちょっと落とし物見つけたから届けてくるわ」

「アルバイトの時間までには帰ってきなさいね」

ハヤテはシェリーの言葉に頷いて、彼女より先に教室を出て寮《りょう》へと戻《もど》った。

「えぇっと、ビクトリアビクトリア……っと」

寮の部屋割り案内板を見てビクトリアの部屋番号を確認《かくにん》し、ハヤテは小走りに階段を駆《か》け上って目的のルームナンバーが掛《か》けられたドアを見つける。

「おーい、ビクトリア」

コンコンとノックして名前を呼ぶが、しばらく待っても返事がない。

（部屋に戻ってないのか？）

だとしたら授業を欠席して、彼女はどこにいるのだろう？

しかしアルバイトの時間もあるし、あまりもたもたしている暇《ひま》もない。ハヤテはダメ元でドアノブを握り——予想に反してドアは呆気《あっけ》なく開いた。

「……不在じゃないのか？」

あるいは鍵《かぎ》の締《し》め忘れかもしれないが、それならそれでハンカチだけ置いていけばいいかと考え直す。置き手紙でも添《そ》えておけば問題ないだろう。

ハヤテは素早《すばや》く決心し、なんとなく音を立てないようにこっそりとドアを開けた。中に入って机の上にハンカチと手短なメモを残し、さて去ろうかと思った時——ガチャっとドアの開く音が聞こえる。

「……！」

最初はビクトリアが戻ってきたのかと思って焦《あせ》るが、廊下側のドアはピタリと閉まったままで……代わりに、寮の全室にある個室風呂《ぶろ》のドアが今まさに開こうとしていた。

（ヤバっ⁉　ビクトリアの奴《やつ》、入浴中だったのか⁉　っていうかいるなら返事しろよ⁉）

そうしたら不法侵入《しんにゅう》なんてしなかったのに……と焦るハヤテの前でドアは完全に開いて、浴室から見知らぬ女性がバスタオルで髪《かみ》の毛を拭《ふ》きながら出てきた。

「ビクトリア。もう戻ったのか？」

「えっ？」（……誰？）

つい口からポロっと漏《も》らしてしまった声に反応し、女性がハヤテの存在に気がつく。

「……」

歳《とし》はハヤテよりもやや上だろうか。女性的に成熟した体のラインを惜《お》しげもなくさらしているが、彼女は悲鳴も上げなければ、たいして慌てる様子もなくゆっくりとした動作で髪を拭いていたタオルを肩《かた》にかけた。それで胸の先端《せんたん》はかろうじて隠《かく》れたが……まだまだ隠すべきところはいくらでもある。

「あっ、えっと、す、スンマセン！」

遅《おく》ればせながら女性の裸《はだか》を凝視《ぎょうし》していたのに気づき、慌てて後ろを向きながら謝罪する。

「……」

こちらが背を向けたあとも、予想されていたような罵声《ばせい》が女性から飛んでくることもなく、室内にはただただ沈黙《ちんもく》が下りる。

というか、本当に彼女は何者だ？

基本的に学生寮に住む生徒はひとり一部屋が与《あた》えられている。つまり、この部屋を使っているのはビクトリア以外にいないはずだ。各部屋には備え付けの個室風呂も寮には大浴場もあるのに、わざわざ他者がビクトリアの部屋の風呂を借りるのもおかしな話である。となると、ますます背後に佇《たたず》む全裸《ぜんら》の女性の正体が分からない。

相手が誰だか分からないし、向こうも何も喋《しゃべ》ってくれない。かといって、彼女の裸を見た直後ではこちらから話しかけるのも気まずい……なんて、ハヤテが困り果てていると、今度こそ廊下側のドアが開いて第三者が部屋に入ってくる。

「お姉様。頼《たの》まれていた物をお持ちしましたわ」

第三者というかこの部屋の主だった。

胸に紙袋《かみぶくろ》を抱《かか》えたビクトリアは「お姉様」と呼んだ全裸の女性を見、次いでハヤテが室内にいることに気づいて悲鳴を上げる。

「ハヤテ・ミツルギ！　なっ、何であなたがわたくしの部屋に⁉　それにどうしてお姉様がはっ裸《はだか》で……⁉」

「いやっ、これは違《ちが》ッ！　俺はハンカチを届けにっ！」

「ウソおっしゃい！　じゃあ何で裸のお姉様と一緒《いっしょ》にいるんですの⁉」

「それは事故だ！」

ふたりがぎゃいのぎゃいのと騒いでいる間も、当事者であり被害者《ひがいしゃ》（？）である「お姉様」はひと言も喋らず、黙々《もくもく》と下着を穿《は》いている。

――ただハヤテの名前を聞いた時、彼女の目が一瞬《いっしゅん》だけ険しくなったのだが、そのことにふたりは気づかなかった。

「と、とにかくさっき廊下でお前が落としたハンカチを届けにきて、そしたらドアが開いてて返事もなかったし、バイトの時間も近いし、机の上にメモと一緒に置いて帰ろうと思ったんだよ！　まさか風呂に人がいるとは思わなくて……ていうか誰なんだその人⁉」

「……」

ビクトリアはハヤテの言う通り机の上にメモとハンカチが置かれているのを見て、剣呑《けんのん》な目つきこそ変えなかったがひとまず彼の言い分を信じたようだ。

「……こちらはシルヴァーナお姉様ですわ。我がヴェルデ家の現当主ですのよ」

「お姉さん……？」

「その通りなのだ」

それまでずっと寡黙《かもく》だった女性――シルヴァーナがビクトリアの言を肯定《こうてい》し、ハヤテに対し振《ふ》り向いてもいいと声をかけてくる。

主にシェリーのせいで異性の「着替《きが》え終わった宣言」が信用ならないハヤテは、極《きわ》めてゆっくりと慎重《しんちょう》に首だけ振り返り、本当にシルヴァーナが服を着ているのを確かめてからようやく体全体を反転させた。

そうして、改めてシルヴァーナとビクトリアを見比べてみれば、なるほど確かに姉妹《しまい》だと言われれば納得《なっとく》するほど似ていた。輝《かがや》くような金髪は瓜二《うりふた》つだし、顔立ちもどことなく面影《おもかげ》がある。ついでに言えば抜群《ばつぐん》のプロポーションもよく似ていた。

ビクトリアの「来客」とはおそらく彼女のことだったのだろう。

「……」

シルヴァーナは寡黙な性格なのか、あまり口を開かなかった。

(なんか正反対な姉妹だな。ビクトリアはいつも喧《やかま》しいのに、こっちはやたら静かだ)

とりあえず、ハヤテのシルヴァーナに対する第一印象はそんな感じだった。

「……それで？　ハンカチを届ける以外にも、まだ何か用事があるんですの？」

つっけんどんな態度でビクトリアは問うてくる。

まだ怒《おこ》っているのかと思ったが……なぜか、今日の彼女の言動の端々《はしばし》から「なるべくハヤテと姉に一緒にいて欲しくない」という感情が滲《にじ》み出ている気がした。

「まあ、用事は終わったけど」

「では早く出ていってもらえます？　ここはわたくしの部屋でしてよ」

ビクトリアの態度に若干《じゃっかん》の違和《いわ》感を覚えたが、そう言われてしまっては仕方がない。

「えっと、ホントさっきはすみませんでした」

「うむ」

最後にもう一度シルヴァーナに謝ってから、ハヤテはビクトリアの部屋をあとにした。

▽

その翌日。

イヴァルディ教室の教壇《きょうだん》に立ったレーラは朝からこんなことを告げた。

「二週間後、『ランキング戦・タッグ試験』が行われる」

タッグ試験？

ハヤテには聞き慣れない単語だったが、教室にいる少女たちには伝わったようでうんうんと頷《うなず》いている生徒もちらほらいる。

「先日『学内ランキング』が発表されたのは記憶《きおく》に新しいだろう。各自、すでに自分が上位・中位・下位いずれのランクに属するかを把握《はあく》しているはずだ。今回のタッグ試験はその名の通り、ランクごとのタッグマッチだ」

要するに同ランクの魔女騎士《ヘクセンリッター》同士でタッグを組み、他のタッグと戦う試験らしい。

対戦相手はタッグを組んだ者同士の合計ランキングを鑑《かんが》み、教師たちが同等ランクのタッグ同士でカードを組むようだ。トーナメントやバトルロワイヤルとは違い、その一試合の結果が成績に反映される。

「けどさぁ、『魔宴《ヴァルプルギス》』はバトルロワイヤルだから基本ひとりで戦うわけだろ？　どうしてタッグで戦う試験があるんだ？」

ハヤテの素朴《そぼく》な疑問にシェリーが答える。

「『魔宴《ヴァルプルギス》』も大事だけれどね、魔女騎士《ヘクセンリッター》の本分は魔獣《まじゆう》から国土と人を護《まも》ることだもの。たとえば騎士《きし》団に入った時、周りと連携《れんけい》が取れないようじゃ困るでしょ」

「なるほどな……でも、これって結構マズくないか？」

「何がかしら？」

小首を傾げるシェリー。

彼女には事態の重さが分かっていないようなので、ハヤテは親切に教えてやった。

「タッグが組めるのは同じランクの奴だけだろ？」

「ええ。私は上位ランカーだから、同じ上位ランカーの人としか組めないわね」

「で、アリアとキルルは中位ランク。お前ってほかに友達いないし、タッグ組んでくれる相手がいないじゃないか」

「……」

シェリーはスッと表情を引っ込める。

やっと状況《じょうきょう》が分かったか。

ハヤテがうんうん頷いていると、その太ももをシェリーがつねってくる。

咄嗟《とっさ》に悲鳴を堪《こら》えたハヤテに対して、シェリーは冷たい声音《こわね》で呟《つぶや》いた。

「あんまり人をぼっち扱《あつか》いしてると……泣くわよ」

「な、泣くのか？」

「ええ、あなたが」

「俺かよ！　何で⁉」

「私が泣かす」

「俺が悪かった！」

ハヤテは慌《あわ》てて赦《ゆる》しを請《こ》うた。

「うるさいぞ貴様ら」

そこへレーラがチョークを投擲《とうてき》し、シェリーが避《よ》けたそれがハヤテの額に突《つ》き刺《さ》さる。

「うぐおおおおお」

ハヤテ悶絶《もんぜつ》。

レーラはやっと静かになったかとばかりに、試験の説明を締《し》めくくる。

「誰《だれ》とペアを組むか今日中に私に申告しろ。あまり遅《おそ》いと棄権《きけん》と見做《みな》す。では試験に関する連絡事項《れんらくじこう》を終える。各自、最初の授業の準備でもしておけ」

そう言ってレーラが出ていくと、早速教室のあちこちで少女たちが互《たが》いに私とペアを組みましょうと声をかけ合い始める。

もっとも、教室の隅《すみ》っこに座っているシェリーはその輪の外にいるのだが……。

「で？　実際問題どうするんだ？」

「……別に。元々、一年生の上位ランカーなんてほとんどいないもの。放課後になったら上級生の教室に行って、そこで組んでくれそうな人を見つけましょう」

「それしかないか」

ハヤテは頬杖《ほおづえ》をつきながら頷いた。

（ん？　そういやビクトリアも上位ランカーなんだっけ？）

つまりビクトリアとならシェリーもタッグが組めるということだ。

だが、すぐに諦《あきら》めた。

（俺やシェリーが頼んだって断られるに決まってるか）

昨日だって軽くひと悶着《もんちゃく》あったばかりだ。タッグを組んでくれなどと言っても突っぱねられるだけだろう。ましてや彼女からタッグを組みたいと言ってくる可能性なんて……

「ちょっと。シャルラッハロートさん」

と、その時、件《くだん》のビクトリアがシェリーに声をかけてきた。

まさかこのタイミングで彼女の方から話しかけてくると思っていなかったので、ハヤテは軽く驚《おどろ》く。表情には出ていないが、おそらくシェリーも同じ気持ちだろう。

「何かご用かしら？　ビクトリアさん」

「用ならあるに決まっているでしょう。でなければ、わたくしがあなたに声をかけるはずありませんわ」

「あ、そう。それで、ご用件は？」

シェリーはビクトリアのツンケンした物言いもさらりと受け流す。

「……っ」

その態度に口元をヒクヒクさせながら、ビクトリアは煩悶《はんもん》するように固く目を閉じた。

そして、ついに意を決したように彼女は目をカッと見開き、白手袋《てぶくろ》に包まれた指先をシェリーに向かって突きつけた。

「今度の試験、わたくしがあなたとタッグを組んで差し上げてもよくってよ！」

「え？　嫌《いや》よ」

……ノータイムで答えたな。

一方、覚悟《かくご》を決めて誘《さそ》ったのであろうビクトリアは、にべもない返事に憤慨《ふんがい》する。

「少しは考えなさいな！」

「……やっぱり嫌」

「考えた上で断れという意味ではありませんわ！」

ビクトリアはキィイ～と地団駄《じだんだ》を踏《ふ》む。

「いいからつべこべ言わずにわたくしと組みなさいな！」

「さっきから断ってるでしょう。しつこいわね」

「いったいわたくしの何が不満なんですの⁉」

「そうね。今すぐ十個くらい理由を並べてあげてもいいけど、本当に聞きたい？」

「う……」

「逆に訊《き》くけど、何であなたそんなに私と組みたいのよ？　別に私たちって、仲よしこよしな関係でもないでしょう」

「そ、それは……」

問い返され、ビクトリアは口ごもる。

「……？」

（今、ちらっと俺のこと見たような？　気のせいか？）

ビクトリアの視線は気になったものの、ハヤテは特にふたりの会話に口を挟《はさ》まなかった。

「とっ、とにかくこのわたくしが誘って差し上げているんですのよ！　素直《すなお》に厚意《こうい》を受けなさいな！」

「その上から目線が気に入らないわね」

「～～～！」

何を言っても色よい返事がもらえず、目尻《めじり》に涙《なみだ》までため始めたビクトリアは、ついにスカートの裾《すそ》を握《にぎ》り締めながら顔を真っ赤にしてやけっぱちに叫《さけ》ぶ。

「このッ……！　ほかに組んでくださるお友達もいないくせに生意気ですわっ！」

「……（グサッ）」

あ、今シェリーの胸に何か刺さった。

「だいたいあなたは頑固《がんこ》な上に性格が破綻《はたん》しすぎですわ！　だからお友達のひとりもできないんでしょう!?　そこの男を召喚《しょうかん》するまで毎日学食の隅でポツンとしていたくせに！」

「……（グササッ）」

「そもそも今回のタッグ試験に限らず、ふたり組を作る系の授業があると毎回あなた余っていたじゃありませんの！　このひとりぼっちのぼちぼちぼっち女！　今度からあなたのあだ名はぼっち女ですわ！」

「……（グサグサッ）」

「おい、おまっ、その辺で……」

それまで横で聞いていたハヤテもさすがに危機感を覚え、ビクトリアを止めに入った。

だが、感情が昂《たか》ぶっている彼女は邪魔《じゃま》するハヤテのことを突き飛ばそうとする。

「何ですの!?　あなたは引っ込んでてくださいまし！」

「いや、このままだとお前が危な……」

ハヤテはなんとか穏便《おんびん》にことを済ませようとするが――ガタッ、と背後で席を立つ気配がした。

「シエ、シェリー……？」

ハヤテは恐《おそ》る恐る背後を振《ふ》り返る。

彼の後ろでシェリーは……いつもの涼《すず》しげな表情をしていた。

だが、そのいつもの表情がこの上なく恐ろしい！

「誰が……」

シェリーはクールな表情を保ちながら、その右手でお仕置き用の鞭《むち》をキツく握り締めた。

「誰が性格破綻者の根暗でぼっちなはぶられコミュ障ふたり組恐怖症《きようふしよう》女ですって？」

「!?」

とんでもない殺気を向けられ、さしものビクトリアも口を噤《つぐ》んだ。

黙《だま》ったくらいで相手を赦すシェリーではないが——少々ビビりつつもビクトリアが次に口にした言葉で、彼女が振り下ろそうとした鞭の動きがピタリと止まった。

「あ、あなたにわたくしの家から〝クエスト〟を依頼《いらい》したいという話がありますの」

「——」

（クエスト？）

またハヤテの知らない単語だが、シェリーの反応を見るに何か重要な話らしい。

ビクトリアは鞭の先端《せんたん》を見つめつつ慌てたように続きを話す。

「ただし条件がありますの。それは、わたくしとタッグを組んで、次の試験で実力を示すこと……それができれば、当主のお姉様から直々《じきじき》にクエストを依頼するそうですわ」

「……ふーん」

シェリーは鞭で手の平を軽く叩《たた》きつつ、ビクトリアの言葉を吟味《ぎんみ》するように沈黙《ちんもく》した。

▽

――で、結局。

シェリーはビクトリアとタッグを組むことにした。

「クエスト」というのが何なのかは気になったが、まずは試験で勝利しなければ意味がないと言われ、その説明はまた後日してもらうことになった。

ともあれ、こうしてハヤテたちはビクトリアとともにタッグ試験に挑《いど》むこととなったのである。

ちなみにキルルとアリアもふたりでタッグを組んだようだ。

「ううぅ～、あたしもハヤテさんとタッグになりたかったです」

「そうだね。タッグになればチームワークの強化とか理由をつけて、ハヤテ君の体とかあちこちいじくり回せたのに」

「やらせねぇよ？」

なんてやり取りもあったりなかったりしつつ、今回は彼女たちと分かれて訓練をすることになった。

タッグ試験は何と言っても、ふたり――ハヤテたちの場合はある意味三人だが――の息が合っていなければ話にならない。ましてや次の試験でぶつかるのはまず間違《まちが》いなく上級生。経験値の違う相手との戦いを強《し》いられるのだ。

だからこそ、お互いに協力をしなければならないのだが……

「ちょっと！　そこ邪魔ですわよ！」

「あなたこそもう少し考えて行動しなさいな」

「何ですって⁉」

バヂィンッ！

「イデェ！」

ビクトリアの振るった鞭が背中に当たり、ハヤテは跳《と》び上がりながら悲鳴を上げる。

今は実技の授業中だ。早速《さっそく》組んだペア同士の連携《れんけい》を深めるため、こうして特訓しているわけだが……笑えるほどビクトリアとの息が合わない。

「ですからっ、わたくしの鞭の射線上に入らないでくださいまし！」

「ハヤテの方が攻撃力《こうげき》は上よ。あなたこそ私たちの援護《えんご》に回るべきだわ」

ギャーギャーと、シェリーとビクトリアはまた言い合いを始める。

（はぁ……こんなんで上級生のペアに勝てるのか？）

不安だ。物凄《ものすご》く不安だ。

「よそ見とは余裕《よゆう》だな」

「ッ！」

目の前に迫《せま》った刃《やいば》を、ハヤテは『レーヴァティン』でかろうじて受け止める。

自分の剣《けん》を防いだ彼を見て、レーラは少し満足そうに頷《うなず》く。

「ふむ……では次だ」

「！」

ギィン、ギンッ、キンッ
連続でくり出されるレーラの攻撃によって防戦一方に追い込まれる。

イヴァルディ教室に上位ランカー同士のペアがほかにいなかったため、こうして教師のレーラが直々に訓練の相手をしてくれているのだが、これは……

「ちょっ！　うおっ⁉」

思った以上にキツい！

レーラの『魔導器《ワンド》』は基本戦槌《せんつい》であるが、彼女は魔技鍛冶神工房《マギカニザヴェリルスミス》により様々な武器を創《つく》り出すことができる。彼女はその汎用性《はんよう》に富む能力を活《い》かすために、どんな武器でも充分《じゅうぶん》に扱《あつか》えるよう訓練してきたそうだ。

「クッ！」

「なかなかやるな」

「いやっ、それっ、何のっ！　冗談《じょうだん》！」

レーラの熟練の剣技《けんぎ》にハヤテは押されっぱなしである。

しかし、教師の方はお世辞を言ったつもりはないらしく。

「私の剣は所詮《しょせん》片手間だ。その道一筋の達人には敵《かな》いはしない——が、たかが学生に受け切れるものでもない。ましてやこの前剣を握ったばかりの者にはな」

「——」

黒衣の教師が指摘《してき》するように、ハヤテが『レーヴァティン』を手にしたのはつい最近だ。いくら『レーヴァティン』からの恩恵《おんけい》によって身体能力が向上しているとはいえ、剣を操《あやつ》る動き——「技《わざ》」まで簡単に習得できるものではない。

そういう意味でハヤテの剣の腕前《うでまえ》は異常な上達速度と言える。

あるいは……そう、まるで最初から体に剣を操る動きが染《し》みついていたかのようだ。ハヤテに剣の修行《しゅぎょう》をした記憶《きおく》はなくとも、もしかしたら体の方は覚えているのかもしれない。

（それも俺の過去に関係しているのか……？）

一瞬《いっしゅん》、ハヤテが別のことに気を取られた時だった。

「ハヤテ！　左に避《よ》けなさい！」

「ハヤテ・ミツルギ！　右におどきなさい！」

「え？」

背後からふたつの声が同時に飛んできて——次の瞬間《しゅんかん》、シェリーの放った氷魔法《まほう》とビクトリアが振るった『魔導器《ワンド》』の鞭が、両方ともハヤテの背中に炸裂《さくれつ》した。

「ぎゃあああああ！」

——まぁ終始そんな感じで連携に不安を抱《かか》えたまま、その日の実技授業は終わった。

「まったく！　あなたのせいでわたくしの評価まで下がったじゃありませんの！」

「何を言ってるのかしらこのドリルは。私たちの方こそいい迷惑《めいわく》よ」

「誰《だれ》の髪型《かみがた》がドリルですって!?」

「お前らなあ……」

模擬《もぎ》訓練場から教室までの帰り道、まだ口論を続けているシェリーとビクトリアに対し、ハヤテは思わずため息をつく。

「ふたりとも少しは仲よくしろよ。レーラも授業の最後に言ってただろ？　タッグを組んだ者同士、試験まで日常生活でも息を合わせろって」

そのためには授業時間以外でも一緒《いっしょ》に行動しろとも言っていた。

レーラの言うことはまったくもってその通りだと思うのだが。

「「……フンっ！」」

そういうとこは息ぴったりなのな……。

こりゃ前途《ぜんと》多難だわ……とハヤテがもう一度ため息をつこうとした時。

「ビクトリア」

「お、お姉様⁉」

ビクトリアの姉シルヴァーナが廊下《ろうか》の向こうから現れ、こちらへと近づいてきた。

「どっ、どうしてこちらへ？　お部屋でお待ちになられていたのでは？」

「……ビクトリアの授業を見学させてもらっていたのだ」

突然《とつぜん》の姉の登場に若干《じゃっかん》キョドっているビクトリアに対し、シルヴァーナは淡々《たんたん》と答える。

彼女は一瞬ハヤテとシェリーをチラッと見たあと、妹を手招いて廊下の隅《すみ》へと移動した。

そうして姉妹《しまい》で何事かを話し始める。

彼女らが廊下の隅で話し込んでいるのを眺《なが》めつつ、シェリーは怪訝《けげん》そうに首を傾《かし》げた。

「あれがヴェルデ家の現当主……ね。いったい何の用なのかしら？」

「そりゃ単に妹の様子を見に来たとか……あっ、例の〝クエスト〟の件じゃないか？　俺たちの実力を示せとかって条件あったし、それを確かめに来たとか」

「たぶんそうなんでしょうけど、そんなのビクトリアさんに結果を報告させればいいことじゃない。当主の彼女がわざわざ学院まで足を運ぶ理由がよく分からないわ」

「ふーん」

そう言われると、ハヤテもシルヴァーナが何のためにビクトリアを訪ねたのか気になった。もっともそんな の考えたところで分かるはずもないのだが。

なんとなく、彼女たちの会話に耳を澄《す》ませてみる。

「噂《うわさ》に聞いていた通り——」

「母上と父上は——」

「クエストの件はそのまま——」

ふーむ、どうもシルヴァーナの方が一方的に話しているようで、ビクトリアはそれをただ黙って聞いているみたいだ。

「ともかく家の決定は絶対なのだ。〝もうひとつの命令〟も忘れるな」

そこだけ少し語気を強めて言ったのか、ハヤテの耳にもハッキリとシルヴァーナの声が聞こえた。

「……はい。お姉様」

姉の言葉に、ビクトリアは躊躇《ためら》いがちに頷く。

そうしたやり取りを終え、ふたりはハヤテとシェリーのいるところに戻《もど》ってくる。

「では私は部屋に戻るのだ。ビクトリア……しっかりやるのだ」

シルヴァーナは激励《げきれい》（？）のような言葉を残して去っていった。おそらくビクトリアの部屋に戻るのだろう。

（なんか最初から最後までずっと仏頂面《ぶっちょうづら》というか、無愛想な人だったな……シェリーとはまた違った意味で表情が読みづらいっていうか）

シェリーの場合は抑制《よくせい》されたそれだが、シルヴァーナの場合は何か違う気がした。クールといえばクールなんだが……。

「何つーか変わったお姉さんだな」

「なっ……！　あなたっ、わたくしのお姉様をバカにしてますの⁉」

「いや、別にそんなつもりじゃ」

「お姉様は非常に優秀《ゆうしゅう》な魔女騎士《ヘクセンリッター》でしてよ！　あの『ブリュンヒルデ杯《はい》』に出場したこともおありなのですから！」

「『ブリュンヒルデ杯』って、『八大魔宴《ヴァルプルギス》』の決勝戦か？」

大陸の八大国家で一年を通して行われるのが『八大魔宴《ヴァルプルギス》』と呼ばれる武闘《ぶとう》大会だが、その決勝戦――つまり各国家の国内大会優勝者が一堂に会して戦う試合が『ブリュンヒルデ杯』である。

それに出場したということはつまり、あのシルヴァーナはある年にスターファム王国で行われた『魔宴《ヴァルプルギス》』で優勝し、王国最強の称号《しょうごう》を勝ち取ったということだ。

（ってことは、あの人って凄《すご》い強いってことだよな。そりゃそうか、当主って言ってたし）

貴族の家の当主ってのが必ずしも強いのかどうかは知らないが、実力があるに越《こ》したことはないのだろう、たぶん。

ハヤテが勝手に納得《なっとく》していると、シェリーがちょいっと裾《すそ》を引っ張ってくる。

「ほら、そろそろ食堂に行くわよ」

「おっと、そうだった」

そういえばもう昼食の時間だ。実技授業の直後でお腹《なか》もペコペコだった。

「おっ……お待ちなさい！」

「ん？」

「あっ、の……えっと」

ハヤテたちのことを呼び止めたビクトリアは何やら口をもごもごさせている。

「何だ？　俺、腹減ってるんだけど」

言外に用事があるなら早くしてくれとアピールしつつ、ハヤテは次の言葉を急《せ》かす。

その態度にムッとしながら、ビクトリアは自分を勢いづけるように――

「あっ……！　あなたたちにわたくしと昼食をとる権利を差し上げてもよくってよ！」

――と、顔を熟《う》れたトマトよりも赤く染め上げながら大声で告げた。

▽

長い回想終わり。

そういう流れでハヤテたちはビクトリアと一緒に食事することとなったのだが、彼を間に挟《はさ》んでふたりの少女の口論はまだ続いている。

「だいたい私たちの食事に勝手に同席してきたのはあなたでしょう。それなのに私のハヤテにやたらとくっついて……もう少し慎《つつし》みを持ったらどうなの？」

「あなたに慎みがどうとか言われたくありませんわ！」

（ホントに何でこんなことになったんだ？　思い返してみても全然分からねぇ……）

ビクトリアとタッグを組み、二週間後の試験を受けることになったのはいい。

問題は絶望的なまでのコンビネーションのなさだが、その欠陥《けっかん》を何とかするため、ビクトリアの方から一緒に昼食をと提案してきたのもいい傾向《けいこう》だ。レーラの「日常生活でも息を合わせろ」というアドバイスとも合致《がっち》する。

それが、どうして、こうなった？

「とにかく！　これはタッグ試験に向けた訓練の一環《いっかん》なのですわ！　何もやましいところ

はございません！　さっさあ、ハヤテさん、こっこちらへいらっしゃいな」

ビクトリアは立ち上がりながらハヤテの腕《うで》を取り、シェリーから離《はな》れさせようと自分の方へ引き寄せる。

ムギュッと肘《ひじ》の先で彼女の胸が沈《しず》んだ。

「〜〜〜！」

これだ。さっきからハヤテのことを困らせ、悶《もだ》えさせ、冷《ひ》や汗《あせ》をかかせている原因は。

（ビクトリアの奴《やつ》どういうつもりなんだ？　食堂にきてからずっとこの調子だけど）

こちらの困惑《こんわく》をよそに、ビクトリアは顔を真っ赤にしながらもその豊満な肉体をすり寄せてくる。

その度《たび》にむにょむにょと。

ぽにょぽにょと。

ぷるんぷるんと。

まったくもって度《ど》し難《がた》い、男の本能を刺激《しげき》する誘惑《ゆうわく》が襲《おそ》ってきて、理性も感情も無視して勝手に体温が上昇《じょうしょう》し、心臓の鼓動《こどう》もひと際《きわ》加速してしまう。

そして、ハヤテのそんなザマを間近で見せつけられ、シェリーもまた目元をヒクヒクと痙攣《けいれん》させながら立ち上がる。

「そう……どうあっても私の下僕《もの》に手を出そうっていうのなら、容赦《ようしゃ》しないわよ」

「上等ですわ……！」

シェリーの全身から身《み》震《ぶる》いするような冷気が漂《ただよ》い始め、ビクトリアもキッと表情を引き締《し》めて臨戦態勢に入る。

椅子《いす》に座ったままのハヤテを挟んで、今から戦争でも起きそうな雰囲気《ふんいき》だ。

と、そこへ。

「まあまあふたりとも。その辺にしておきなよ」

イヴァルディ教室の級長であり、いつものようにハヤテたちと一緒に食事していたアリアが、反対側からテーブルを回り込んできてシェリーとビクトリアの間に割って入った。

「アリアさん。邪魔《じゃま》しないでくれる？　私は今からそこのメス牛を躾《しつ》けないといけないの」

「誰がメス牛ですって⁉」

「自分の牛乳《うしぢち》に聞いてみなさい」

ふたりはますます剣呑《けんのん》さを増すが、アリアは余裕《よゆう》のある態度を崩《くず》さない。

彼女はふたりをなだめながら、ふとハヤテに向かってウインクする。

（ん？）

何だろうと思っていると、

「ハヤテ君。起立」

「え？　あっ、ああ」

指示はいきなりだったが、事前のサインから何か彼女に考えがあると思い、ハヤテは言われた通り立ち上がる。

「じゃあ、そのままテーブルの反対側へ行って」

「あ、うん？」

「はい。そこで着席」

指示に従って席に座ると、そこはキルルの隣《となり》の席だった。

「あぅ、ハヤテさん」

キルルはハヤテが近くにくると恥《は》ずかしそうに体を縮こまらせ、口元をハンカチで拭《ふ》いて身だしなみを気にし始める。

「さて。それじゃあ、私はキルルの反対側に座ろうかな」

楽しそうに宣言しつつ、アリアもハヤテの隣に座った。ちょうどキルルとふたりでハヤテのことを挟むようなポジションだ。

「「……」」

流れるようにアリアにハヤテを奪《うば》われ、シェリーとビクトリアは揃《そろ》ってポカンとなる。

（ああ、なるほど。気勢を削《そ》いで喧嘩《けんか》する気を失くさせたのか）

結果はアリアの狙《ねら》い通り、喧嘩を続ける空気ではなくなったふたりは憮然《ぶぜん》としながら椅子に腰《こし》を下ろした。

「……仲裁に入ってきたのかと思ったら、いつの間にかハヤテを寝取《ねと》られていたわ。どういうことなの？」

「うん。別に寝取られたわけじゃねーからな？」

妙《みよう》に真剣《しんけん》な表情で呟《つぶや》くシェリーにハヤテは突《つ》っ込《こ》みを入れる。

「ハッハッハ。油断大敵だよシェリー君。私はいつだってハヤテ君の体に興味津々《しんしん》なのさ」

「カラダッ⁉」

「いや、研究対象としてって意味だからな？」

アリアの発言にガタッとなったビクトリアに念のため言っておく。

「はあ……まあいいわ」

未《いま》だに釈然《しやくぜん》としない顔をしながらも、シェリーはため息ひとつ吐《つ》いて肩《かた》の力《ちから》を抜《ぬ》いた。

「ところでビクトリアさん？」

「何ですの？」

「私たちと日常生活をともにするって言うのなら、放課後のアルバイトにもつき合ってもらうわよ」

「なっ！　なぜわたくしが庶民《しょみん》のように働かなければならないのですか！」

「だから試験のためでしょう？　……それともやたらとハヤテに胸を押しつけていたのには、何か別の理由があるのかしら？」

再び目を鋭《するど》くし、シェリーはビクトリアを視線で射抜《いぬ》く。

一瞬《いっしゅん》、その視線にうっと気圧《けお》されたビクトリアだったが、すぐに態勢を立て直し、

「いいですわよ！　わたくしにかかればアルバイトごとき、簡単にこなしてみせますわ！」

と高笑いつきで言い放った。

正直、労働のろの字も知らなさそうなお嬢様《じょうさま》だが……はたして大丈夫《だいじょうぶ》だろうか？

「そういえば、ハヤテさんとシェリーさんってどんなところで働いてるんですか？」

今の話題にふと興味が湧《わ》いたらしく、キルルがハヤテたちのアルバイトについて尋《たず》ねてくる。

「『ベリーインカフェ』っていうメイド喫茶《きっさ》だよ」

「メイド喫茶？」

「えーと、メイド喫茶っていうのは、店員がメイドの格好をして給仕《きゅうじ》をするんだ」

ハヤテとしてはなるべく分かりやすく説明したつもりだったが——なぜかキルルは目を丸くして驚《おどろ》きを大きくしていた。

「ハッ、ハヤテさんがメイド服を着るんですか⁉」

「……いやいやいや！　俺は裏方。メイド服を着るのはシェリーの方で……」

「じゃあハヤテさんがシェリーさんにメイド服を着せてるんですか⁉」

「え？」

そんなこと言った覚えはないのだが。

って、この想像力が先行して会話が嚙《か》み合わなくなる感覚。もしかして……

「首輪をしたメイドさんなんて、か、完全にご主人様の性奴隷《どれい》じゃないですか……！　ハヤテさんってやっぱりそういう趣味《しゅみ》が……あ、あたしもいつかハヤテさんに飼い馴《な》らされて雌犬《めすいぬ》同然の扱《あつか》いを受ける日が……ふへ、うへへへ」

やっぱり。妄想《もうそう》モードに突入《とつにゅう》してる。

「えーと……キルル？」

「わんっ！」

ダメだ。トリップして精神状態が犬レベルになってる。はぁはぁ舌出してるし。

何かアルバイトのことでまた口喧嘩《くちげんか》を始めているシェリーたちを横目に、俺とアリアは顔を見合わせ……やれやれと肩を竦《すく》めた。

▽

そして放課後の『ベリーインカフェ』。

今日も今日とてこのメイド喫茶は大繁盛《はんじょう》で、裏方にも注文がひっきりなしに舞《ま》い込んできた。それらをどうにか捌《さば》き終えたハヤテは先程《さきほど》ようやく休憩《きゅうけい》をもらえたところだ。

これでもだいぶ仕事に慣れてきたと思うのだが、ピーク時の忙《いそが》しさには今でも目が回りそうになる。

はたして生粋《きっすい》のお嬢様であるビクトリアにここの激務がこなせるのかどうか……心配だ。というか、不安だ。

休憩がてら様子でも見にいくかと思い、ハヤテはホールへつながる通路へ向かう。

ホールでは十人近いメイドさんたちが忙しく働き回っていた。

もちろんシェリーとビクトリアの姿もあるのだが……その仕事ぶりは正反対だ。

「お帰りなさいませお嬢様」

「ただいまーシェリーちゃん。今日もかわいいわ～」

シェリーの仕事ぶりは相変わらず完璧《かんぺき》だった。俺にもたまにしか見せてくれない満面の笑《え》みを浮《う》かべて客を出迎《でむか》え、次々とテーブルを回って注文を取っている。ひとつひとつの動作がテキパキとしている上に愛想《あいそ》もよく、その上見た目も抜群《ばつぐん》ときているのだから客からも大人気だ。

「どどどうぞぞぞこちらがががごちゅっもん、のきゃあああああ！」

「きゃあああ！」

一方、ビクトリアはトレイから飲み物をこぼしてグラスを割り、客と一緒《いっしょ》に悲鳴を上げている。ハヤテが厨房《ちゅうぼう》にいた時からこの音は何回もホールから聞こえてきていた。

（う～ん、やっぱり働き慣れてないんだなあ）

傍目《はため》にも明らかに周りの足を引っ張っている。しかし、

「ドジッ娘《こ》だわ」

「ドジッ娘メイドね」

なぜか一部の客層にはやたらと受けているようだった。

働きぶりは対極だが人気は五分といったところか。世の中分からないもんだ。

「ねぇねぇ、えーとビクトリアちゃん？」

「はいっ！　な、何ですの？」

割ったグラスを片づけていたビクトリアはお客に声をかけられ慌《あわ》てて立ち上がる。

「私、猫舌《ねこじた》なの。だから、このコーヒーにふーふーってしてくれない？」

「ふーふー？」

「ほら、あんな感じで」

その女性客は三つ隣のテーブルで接客しているシェリーを指差した。

「じゃあお願いね、シェリーちゃん」

「はい。お任せくださいお嬢様。では失礼して……ふーっ、ふーっ、ふーっ」

シェリーはテーブルに向かって前かがみになると、お客さんの前に置かれた紅茶に向かってやさしく吐息《といき》を吹《ふ》きかける。

そうやって紅茶の温度を冷ましているのだろうが、正直お客の女性はそんなことよりも耳元の髪《かみ》をかきあげるシェリーの色っぽい仕草や、息を吸う度《たび》に上下する胸の辺りばかり見ていて、要するにそういうサービスなのだと傍目にも分かった。

シェリーは数度息を吹きかけると、お客さんににっこりと笑いかける。

「いかがですか、お嬢様」

「ありがとーシェリーちゃーん」

お客も満足したらしく、嬉《うれ》しそうにシェリーにチップを渡《わた》していた。

まったくもって見事な接客である。

で、それを見ていたビクトリアはといえば。

「はい。じゃあビクトリアちゃんもふーふーして？」

「あ、うぐ……か、かしこまりましたわ」

ビクトリアは震《ふる》える声で答えつつ、まるで魔獣《まじゅう》でも見るみたいに湯気立つコーヒーのカップを睨《にら》みつけていた。

やはりプライドが傷つくのか、頬《ほお》を赤く染めてこっそり拳《こぶし》を握《にぎ》り締《し》めている。

それでも直前のシェリーの接客を見て負けられないと思ったのか、完全にゆでダコみたいな顔色でゆっくりと前かがみになっていく。

豊満なおっぱいが揺《ゆ》れて谷間が広がり、お客さんの目のキラキラが増した。

「で、では参りますわ。ふっ……」

ビクトリアは息を大きく吸い込んで、

「ふ……やっぱり無理ですわあああああああああああ！」

そこでついに羞恥心《しゅうちしん》が臨界値を超《こ》えたらしく、そのテーブルから逃《に》げ出した。

「おっと！」

「キャッ！」

ホールからハヤテのいる通路まで逃げてきたビクトリアは、勢い余って彼とぶつかってしまう。

「痛たた……」

「大丈夫か？」

尻餅《しりもち》をついてしまった彼女にハヤテは手を差し伸《の》べる。

「あっ……い、いりませんわ！」

一瞬こちらの手を握りかけたビクトリアだが、途中《とちゅう》で顔を赤くしてその手を振《ふ》り払《はら》う。

「やれやれ。だいぶ苦戦してるみたいだな」

「違《ちが》いますわ！　わたくしが庶民の仕事ごときで後《おく》れを取るはずが……というか、何なんですのこの衣装《いしょう》!?　わたくしのお屋敷《やしき》のメイドはこんなスカート穿《は》きませんわよ！」

「そんなこと俺に言われてもな……」

このお店のサービスがそうなのだから仕方がない。

とはいえ、こうも恥辱《ちじょく》で顔を真っ赤にしているビクトリアを見ていると、何か慰《なぐさ》めの言葉のひとつでもかけたくなる。

「まあそんな恥《は》ずかしがるなよ。似合ってるぞ」

「……似合って？　それはわたくしには使用人の格好が相応《ふさわ》しいと？」

「いや、そういう意味じゃなくてだな」

褒《ほ》めたつもりが逆に怒《おこ》らせてしまった。言葉って奴《やつ》は難しい。

「ただ単にかわいいと思ったんだよ」

仕方ないのでストレートに褒める。

そうしたら、

「ふえぇっ⁉」

それを聞いたビクトリアは頬を赤く染めたまま、素《す》っ頓狂《とんきょう》な悲鳴を上げて飛びずさった。

「？」

相手の反応に何か間違ったことを言ったかとハヤテは首を傾《かし》げる。

「……何をしているの？」

そこへ、注文を取り終えたらしいシェリーが、注文票の束を持って通路に現れた。

佇《たたず》む彼女はジトッとこちらを睨んでいるようにも見える。

「なっ……何でもありませんわ！」

その目から逃《のが》れるようにビクトリアはそそくさとホールへ戻《もど》った。

「……」

「何だよ？」

「別に」

尋《たず》ねるハヤテにシェリーは素っ気なく答えるが、なんだかその頬が少し膨《ふく》らんでいるような気がした。

第二章　勝利の秘訣《ひけつ》は阿吽《あうん》の呼吸？

いよいよタッグ試験も明日に迫《せま》っていた。

だというのに……

「ギャー！　わたくしの髪が凍《こお》りましたわ！」

「いきなり前に出てくるからよ」

「仕方がないでしょう！　あなたたちが前にいると思うように鞭《むち》が振れないんですわ！」

「だったら後ろでその蛇《へび》となわとびでもしてなさい」

「何ですってぇー!?」

ご覧の有り様だよ。

相変わらずシェリーとビクトリアは喧嘩《けんか》ばかりで息がまったく合わない……あ、俺もか。

「喧嘩すんなって〜」

ふたりの衝突《しょうとつ》があまりに日常茶飯事なので、制止の声にもいまいち力が入らない。

（根本的に相性《あいしょう》が悪いんかね。どっちも我が強いところあるからなあ）

とはいえ、試験はもう明日だ。

いい加減このままじゃマズいと思うのだが……。

「わたくしはこんなところでつまずいていられないんですのよ！　邪魔《じゃま》をしないでくださる!?」

「それは私だって同じよ」

これだもんなあ……。

ため息をつくしかない状況《じょうきょう》である。

しかも問題はそれだけではなくて……

「ハヤっ、ハヤテさん！　随分《ずいぶん》と汗《あせ》をかいていますわね」

「え？　あ、そうだな」

「こほんっ！　なら仕方ありませんわ。仕方ありませんから、わたくしがこのタオルで拭《ふ》いて差し上げます」

「はい？」

「待ちなさいハヤテ。汗をかいているなら、私と一緒にシャワーを浴びましょう。その方がさっぱりするわ」

「なっ！　横から割り込まないでいただけます、シャルラッハロートさん？　ハヤテさんの汗はわたくしが拭いて差し上げますわ」

「下僕《げぼく》の世話は主人の役目よ。あなたのは文字通り余計なお世話だから引っ込んでて」

「いや、もう自分で拭いたからいいって」

……と、このようにビクトリアからの妙《みょう》なアプローチは続いていて、それに対抗《たいこう》するようにシェリーのスキンシップも日増しに過激……というかエロくなっていった。

昨日なんか教室で……


「ハヤテさん」

「ん？　何だビクトリア？」

座学が終わった直後にハヤテはビクトリアから声をかけられてそちらを振り返った。

彼女は何やらモジモジとしたあと……いきなり、穿いていたニーソをこちらに差し出してきたのだ。

「ほ、ほら……わ、わたくしのニーソを差し上げますわ」

「……いや、何でだよ？」

「何でって……男は女性の身に着けていたものの匂《にお》いを嗅《か》ぐのが大好きなのでしょう？」

「また変な勘違《かんちが》いを……」

いや、ある意味で勘違いではないのだが、少なくともいきなりニーソを差し出すのは乙《おと》女《め》の行動として間違っている。

「人の下僕に何を渡そうとしているのかしら?」

と、そこで剣呑《けんのん》な目つきのシェリーが視線でビクトリアを牽制《けんせい》する。

「わ、わたくしがわたくしの何をハヤテさんにあげようとわたくしの勝手ですわ！」

しかし、ビクトリアも怯《ひる》まずに反論する。

（つーか今の聞きようによってはメチャクチャエロいな……）

そんな風にハヤテが現実逃避《とうひ》気味に思考を飛躍《ひやく》させていると――不意にシェリーは椅子《いす》の上に立ち上がり、突然《とつぜん》自分のスカートの中に両手を突《つ》っ込《こ》んだ。

「んナッ!?」

椅子の高さ分、当然シェリーの腰《こし》の位置は高くなる。座っているハヤテからすればほとんど顔の位置だ。そんな状態でスカートの裾《すそ》がめくれるような格好をされたら、当たり前だが中身が見えそうになる。

「なっ何やってんだよお前は！」

「はい。これ」

ハヤテが顔を手で覆《おお》いながら抗議《こうぎ》していると……シェリーから何かを手渡された。

「ブッ!?」

　何かと思ったら、パンツだった。

　中身が見えそう云々《うんぬん》どころか中身を直接手渡され、ハヤテは全身の体温が一気に急上《きゅうじょう》昇《しょう》するのを感じる。まだぬくもりが……ヤバッ、鼻血。

「私だと思ってかわいがってあげてね」

　完全に硬直《こうちょく》しているハヤテを見下ろしつつ、シェリーはスカートの裾をつまみながらそんなことを告げてくる。

　っていうか今度は中身の中身が見えそうに……！

「そんッ、そそそれ、それくらい！　わたくしだって！」

「はい!?」

　シェリーに対抗しようとでもいうのか、今度はビクトリアがそんなことを言い出してスカートに両手を入れる。

　ニーソに包まれていない彼女の生脚《なまあし》が太ももの付け根まで露《あら》わになるが……

「うっ、うっ……うわあああああん！　これで勝ったと思わないことですわああああ！」

　結局羞恥心《しゅうちしん》には勝てなかったようで、ビクトリアはスカートを翻《ひるがえ》して教室から逃亡《とうぼう》してしまった。

「……フッ」

「いや、カッコつけてないでせめて椅子から下りてくれ。みんな見てるから」

……とまあ、毎日がそんな状況の連続だった。

ビクトリアが何で急にベタベタしてきたのか理由は分からないが、そのせいでシェリーの機嫌《きげん》が悪くなり、余計にチームワークを悪化させているのは明らかだ。

「はあ……いいから食堂行こうぜ。アリアたちが待ってる」

明日の試験のために今日のアルバイトのシフトは入れていない。今日は放課後の訓練のあと、アリアたちと一緒《いっしょ》に試験の対策を練る予定だ。

「そうね。じゃあ行きましょうか……ふわぁ」

「？　あくびなんて珍《めずら》しいな」

「少し寝不足《ねぶそく》かしら……あんまりじろじろ見ないで」

恥《は》じらっているのか、シェリーはぷいっとハヤテから視線を逸《そ》らす。

そこでまたビクトリアがシェリーに食ってかかり、

「フンっ！　体調管理をしっかりするのは魔女騎士《ヘクセンリッター》の常識でしてよ。寝ぼけた人とタッグを組まされる身になって欲しいものですわ」

「何ですって？」

「はいはいはい！　いいから食堂行くぞ！」

ハヤテはふたりの背中を押して食堂へ向かい、アリアたちと合流する。

「やあ、調子はどうだい？」

「ぼちぼち……より下かな」

正確には「かなり下」であるが、まあやわらかい表現に留《とど》めておいた。

「さて、それじゃあシェリー君とビクトリア君が試験で当たる相手だけども」

学院メイドに飲み物を頼《たの》んだところで、アリアは早速《さっそく》話を切り出す。

「悪いわね、アリアさん。わざわざ調べてもらったりして」

「ん？　気にすることないさ。シェリー君とビクトリア君は毎日アルバイトで忙《いそが》しかっただろうし。それに調べ物は元から好きなんだよ」

「その内お礼をさせてもらうわ」

「む。わたくしだって試験が終わったらお礼させていただきますわ」

「そうかい？　それじゃあ期待しておくよ」

張り合うふたりに対し、アリアは微笑《びしょう》で応《こた》える。

「ミリア。映像出して」

「キュルルル」

アリアが命じると、彼女の肩《かた》にとまった機械仕掛《じか》けのフクロウ――ミミングがひと声鳴き、空中に半透明《はんとうめい》の映像が投射される。

「これは何ですの？　《遠見《クレアボイアンス》》の魔法《まほう》に似てますけれど」

「ミリアの能力さ。調べたデータを映像化して見やすくしてあるんだ」

不思議そうに首を傾《かし》げるビクトリアにアリアが説明する。以前、一緒に訓練した時に見せてもらったことのあるハヤテとシェリーは特に驚《おどろ》くことはなかった。

彼女の言う通り、ミリアが投射する映像にはふたりの少女の姿と、彼女たちの契約獣《サーヴァント》や『魔導器《ワンド》』についての情報がまとめられたデータや数値が映し出されていた。

「シェリー君たちから見て左がレド・クロムウェル先輩《せんぱい》。ランキング『40位』。契約獣《サーヴァント》はガーゴイル。鋼《はがね》のように硬《かた》い肉体を持つ有翼獣《ゆうよくじゅう》だ。『魔導器《ワンド》』は珍しい鎧《よろい》タイプ。パワーも凄《すご》いけど、何より注目すべきはその防御力《ぼうぎょ》かな。タフさは学院でも随一《ずいいち》だよ」

解説に合わせて映像は次々と切り替《か》わり、件《くだん》の鎧タイプの『魔導器《ワンド》』とやらも見ることができた。

レドの『魔導器《ワンド》』はアリアの言う通り全身鎧のようだ。鎧の背には巨大《きょだい》な楯《たて》も背負っている。鉄壁《てっぺき》の防御で攻撃《こうげき》を防ぎ、最終的には純粋《じゅんすい》なパワーで押し潰《つぶ》すのが基本戦術らしい。

「次は右のフォルテナ・グレイシス先輩。ランキング『36位』。契約獣《サーヴァント》は鎌鼬《かまいたち》。見た目はイタチっぽいけど、風を自在に操《あやつ》る契約獣《サーヴァント》だね。『魔導器《ワンド》』は風を生み出す扇《おうぎ》らしいよ。風の刃《やいば》による遠距離《えんきより》攻撃が得意で、扇を操る姿は舞《まい》のようで綺麗《きれい》だそうだ」

フォルテナの映像資料もアリアの解説に従って何度も切り替わっていって、彼女の言う「舞《ま》う姿」もしっかりと記録されている。なるほど、確かに戦っているというよりは舞っているという方がしっくりくる動きだ。

映像はほとんど静止画だったが、わずかに動画もあって、その中にはレドとフォルテナが他のタッグと戦っている様子も映っていた。

「それにしてもアリアさん、あなたどうやってこんな映像やら資料やら集めてきたの？」

「基本は聞き込みだけど、最後の動画は模擬《もぎ》訓練場にお邪魔してこっそり撮《と》ってきたんだよ。まあ、すぐにバレて退散しちゃったから、少ししか撮れなかったんだけどね。彼女たちの魔技《マギカ》のひとつやふたつ撮影《さつえい》できたらよかったんだけど」

「いいえ、充分《じゅうぶん》だわ。むしろ充分すぎるというか、こんなスパイみたいな真似《まね》をさせてしまって申し訳ないくらい」

シェリーはアリアにお礼を言い、彼女が調べてきてくれた資料を再読し始める。

頭脳労働は彼女に任せつつ、ハヤテはアリアとキルルに話しかけた。

「ところで、ふたりの方は調子どうだ？　試験、大丈夫《だいじょうぶ》そうか？」

「うん？　まあ、悪くはないかな。キルルの『装雷神の籠手《ボルカニックガントレット》』は強力だからね。なんとか勝てそうだよ」

「そんな……アリアのフォローがあるからだよ」

どうやらこちらのペアは問題なさそうだ。正直うらやましい。

「ふたりは幼馴染《おさななじみ》だしなあ。息も合ってそうだ」

「ああ、息が合っているといえば、レド先輩とフォルテナ先輩も仲がいいそうだよ」

「そうなのか？」

「うん。前にも何度かタッグ試験で組んだことがあるらしい」

「うへぇ……」

それはまたチームワークがよさそうだ。不安要素がこれ以上増えるのは勘弁《かんべん》して欲しい。

「なあ、俺たちもいい加減、役割分担くらい決めておかないか？　せめて前衛と後衛くらい……」

ハヤテの提案に、シェリーとビクトリアは一瞬《いっしゅん》だけ顔を見合わせ、

「そんなもの、このわたくしが前衛に決まってますわ」

「ハヤテが前衛でビクトリアさんが後衛よ。当然だわ」

ほぼ同時に、正反対の意見を出した。

意見が割れた瞬間、ふたりは再び視線と視線をぶつけ合って火花を散らす。またか！

「アリアさんが用意してくださった資料をちゃんと見てませんの？　フォルテナ先輩の遠距離攻撃に対応できるのはわたくしの『蛇翼の鞭《ティルワーム》』だけですわ」

「それはこちらのセリフね。レド先輩は学院随一の防御力の持ち主。ハヤテの『レーヴァティン』でなければ彼女の『魔導器《ワンド》』は破壊《はかい》できないんじゃないの？」

ふたりは睨《にら》み合ったまま互《たが》いに譲《ゆず》ろうとしない。

ハヤテはどうしたものかと頭をかいた。

「フンッ！　あなたと話していても仕方がありませんわ。明日《あした》はわたくしの好きなようにやらせていただきます」

ついにビクトリアはひとりで席を立って食堂からいなくなってしまった。

「……行ってしまったわね。ふたりには悪いけれど、これで解散かしら」

続けてシェリーも立ち上がる。

「アリアさん。キルルさん。今日はありがとう。お礼はまたいずれ。ハヤテは先に部屋に戻《もど》っていて。私は少し行くところがあるから」

「シェリーちょっと待てって。ビクトリアとあのままでいいのか？」

先に行こうとしたシェリーをハヤテは慌《あわ》てて呼び止めるが、

「いいも何も彼女があの様子では仕方ないでしょう？　こう言っては何だけれど、私たちって根本的に相性《あいしょう》が悪いようね。アリアさんとキルルさんのように仲よしこよしとはいかないわ」

「いや、そりゃあ……」

確かにふたりとも意地っ張りでプライドの高いところがあって、お世辞にも相性抜群《ばつぐん》とは言えないけど……。

彼女は諦《あきら》めたようにため息をひとつ吐《は》いて、そのまま食堂を出て行ってしまった。

「……」

あとに残されたハヤテはしばらくその場に立ったまま何事かを考え込み、ふと「よし」と呟《つぶや》いて食堂の出口へと向かった。

▽

「……さて」

ハヤテは寮《りょう》のビクトリアの部屋の前に立って腕組《うでぐ》みをしていた。

シェリーはあんな調子だが、ハヤテとしては何としても明日の試験で彼女に勝たせてやりたい。そのためにビクトリアを説得しようとここを訪《おとず》れたのだ。

(ビクトリアも意地っ張りだから成功するとは限らないけど、まあ当たって砕《くだ》けろだ)

コンコン
「はい。少々お待ちになって……あっ」

ノックから数秒後、部屋から出てきたビクトリアはハヤテの顔を見て軽く驚いていた。

「あ、あらハヤテさん。どうしましたの?」

「明日のことでちょっとな」

「そうですの……えっと、おあがりになって」

とりあえずハヤテは部屋に上げてもらい、勧《すす》められた椅子《いす》に腰《こし》を下ろした。

確かシルヴァーナも彼女の部屋に滞在《たいざい》しているはずだが、ちょうど出かけているのか彼女の姿はなかった。

「それで? 明日のことというと、試験のことですわよね?」

「ああ。やっぱり俺はビクトリアとも力を合わせないと明日は勝てないと思うんだ。だから、俺たちに思うところはあるかもしれねーけど、力を貸してくれないか? 頼む」

誠心誠意、ハヤテは頭を下げた。

その態度に心動くものがあったのか、少し表情を揺《ゆ》らすビクトリアだったが、結局はそっぽを向いて拒絶《きよぜつ》の意思を示す。

「シャルラッハロートさんがあの態度では無理ですわ。それに私が裏方の後衛というのも納得《なつとく》がいきません」

「裏方って……いや、それは単に俺が接近戦しか能がないからこその役割分担だろ？　今回はビクトリアにしかできないことが」

「後ろでこそこそするなんて、わたくしの性に合いませんわ！」

（まあ、確かにビクトリアはそんな感じだよな……）

でなければあの単眼鬼《キユクロプス》に襲《おそ》われた時、仲間が逃《に》げる中ひとりだけ踏《ふ》み止《とど》まって反撃などしなかっただろう。

「それに次の試験はわたくし、どうしても勝ちたいのですわ……そうしてお姉様に認めていただければ、きっと〝あの話〟も考え直して……」

「？」

不意に独り言のように呟いたビクトリアのひと言にハヤテは疑問符《ぎもんふ》を浮《う》かべる。その声音が妙《みよう》に沈《しず》んでいたからだ。

「……要するに、タッグ試験でお姉さんにいいとこ見せたいんだな」

「そうですわ」

「だったらまあ何とかなるだろ」

ハヤテのひと言に、ビクトリアは俯《うつむ》けていた顔を上げる。

「何ですって？」

「ん？　……さっき俺はビクトリアと力を合わせないと勝てないって言ったけど、逆にお前が力を貸してくれれば勝てると思ってる」

「……！　な、何を言ってますの？　そ、そんなお世辞、わたくしに勝ったあなたが言っても嫌味《いやみ》にしか聞こえませんわ」

「勝ったって、実技の授業のことか？　あんなの不意打ちみたいなもんだろ。成績だって引き分けだったし。それに」

「それに？」

ビクトリアはまじまじとハヤテの顔を見る。

「あのキュクロプスが現れた時、俺は仲間がいなきゃ戦えなかったけど、ビクトリアはひとりでも逃げずに立ち向かっていっただろ。……俺は、戦う時に一番大事なのは気持ちだと思ってるから、ビクトリアの貴族としての意地って奴《やつ》は本当に強いと思うぜ」

「……！」

「だからまあ、そんなビクトリアが力を貸してさえくれれば明日も勝てるし、お姉さんに認めてもらうことだってできるんじゃないかって……」

ハヤテはさらに何かを言おうとするが、その前にぷいっとビクトリアがそっぽを向いてしまった。

なんだかその頬《ほお》がかすかに赤い気がしたが、それを確かめる前に。

「もう用は済んだでしょう？　そろそろお姉様が部屋に戻ってきますわ」

「あ、ああ」

そう言われてしまってはこれ以上説得を続けるのも難しい。

「じゃあ、明日の試験は頑張《がんば》ろうな」

「……ええ」

ハヤテは最後にそう告げたが、見送りにきたビクトリアは最後まで顔を合わせようとしなかった。

▽

シェリーの部屋に戻ったハヤテは頬杖《ほおづえ》をつきながら彼女が帰ってくるのを待っていた。

「……シェリー遅《おそ》いな」

食堂で別れてから三時間近く経《た》つ。もうすぐ夕食の時間だ。

ハヤテがぼやきながら待っていると、そろそろ腹の虫が抗議《こうぎ》を始めそうになった頃《ころ》によ
うやくシェリーが帰ってきた。

「随分遅《ずいぶんおそ》かったな」

「そうだったかしら?」

若干文句気味《じゃっかん》のハヤテのセリフにシェリーはとぼけたような答えを返してくる。

「まあいいや。とっとと食堂行こうぜ」

「ええ……」

シェリーは頷《うなず》く。

さて、とハヤテが立ち上がり、シェリーのいるドアの方へと歩いて行こうとした時、ぐ
らりと彼女の体が傾《かし》いだ。

「シェリー!」

咄嗟《とっさ》にハヤテは彼女の腕《うで》を支える。

「大丈夫《だいじょうぶ》か?」

「ええ。ちょっと立ち眩《くら》みしたみたい」

(……冷たい?)

ふと彼女の腕が妙に冷たいことに気づいた。

まるでさっきまで氷の入った風呂《ふろ》にでも入っていたかのようだ。

（そういや訓練のあと寝不足《ねぶそく》とか言って……）

そこで不意にハヤテはある可能性に思い当たる。

「もしかして魔法《まほう》の訓練してたのか？」

シェリーが主に使う魔法は氷の属性だ。その訓練をしていたというなら、この体温の低さも頷ける。

しかも彼女のことだから、試験を明日に控《ひか》えた今日になって唐突《とうとつ》に訓練を始めたなんてことはあるまい……！

「お前……まさか毎日バイトが終わったあとこっそり部屋を抜《ぬ》け出して？」

それなら寝不足の理由も判明する。

だからってこんな無茶を……！

「……ええ、そうよ」

ハヤテの責めるような目つきに、シェリーは観念したように事実を認めた。

「訓練が悪いとは言わねーけど、こんな冷たくなるまでやるなんてやりすぎだろ！　それにいくらお前だってバイトで遅くなったあとに、睡眠《すいみん》時間削《けず》るなんて！」

心配のあまりつい語気が強くなってしまう。

「……だけど、必要なことなのよ」

「？」

「私は弱いわ。だから戦う時にどうしてもあなたの足を引っ張ってしまう。それが嫌《いや》なの」

「……！」

その言葉に、ハヤテは二の句を継《つ》げなくなる。

まったくもって……この少女はどこまで努力家なんだろう。『魔導器《ワンド》』がなくても、どうにかして自分にできることを増やそうとしている。

しかもそれが俺の足を引っ張らないためだなんて言われてしまっては……どんなことをしたって彼女を勝たせてやりたくなる。

「シェリー」

ただ、それならばどうしてもひとつ言っておかなければならないことがあった。

「お前の夢を叶《かな》えるためなら俺は何だってするつもりだ。でも、明日《あした》どうしても勝ちたいんなら……ビクトリアに対して変な意地を張るのはやめないか？」

「……」

「それこそらしくないぃ。今度の試験に勝つのはお前の夢のために必要なことなんだろ？

お前の意志の強さを俺は知ってる。それをくだらない感情で妨《さまた》げるなんて、俺の知ってるシェリーじゃない」

それに……とハヤテは口に出さず願う。

（俺はたとえ最後のひとりになってもシェリーの味方だけど、お前の隣《となり》にいるのが俺だけなんて、そんなの寂《さび》しすぎる。お前にはもっと幸せになって欲しい）

十年前に全《すべ》てを失ったのなら、その全てを超《こ》えるだけの幸せを彼女には手に入れて欲しい。そのためには俺だけじゃなく、友人だって仲間だって必要だ。だから氷の檻《おり》の中に自分を閉じ込めてないで、もっと周囲に心を開いて欲しい。

「……だって」

「？」

不意に、シェリーにしては珍《めずら》しく――本当に珍しく――拗《す》ねたような表情を見せる。

「ビクトリアさんって胸が私より大きいんですもの」

「……はい？」

いきなり何を言ってるんだ？

シェリーは話を続ける。

「だからあんまり彼女を近づけすぎると、あなたが誘惑《ゆうわく》されちゃうんじゃないかって

「……」

もしかしてビクトリアと対立していた最大の原因はそれだったのか？

てっきり訓練で息が合わないのは、魔女騎士《ヘクセンリッター》としての対抗意識《たいこう》ゆえかと思っていたのだが……彼女の変な意地の理由を知って、ハヤテは苦笑《くしょう》する。

「バーカ」

「……何よ」

「俺はお前の下僕《げぼく》なんだろ？　人に盗《と》られる心配なんてしてんじゃねーよ」

ハヤテがそう言うとシェリーはスッと力の抜けたような顔になって——かと思えば、唐突に彼の首筋に顔を埋《うず》め、そこにキスをしてきた。

「んなっ！　いきなり何す⁉」

しかもなんか凄《すご》い強く吸われた。跡《あと》が残ったかも……

「跡は首輪で隠《かく》しておきなさいね」

そう言うとシェリーはハヤテから離《はな》れてドアへと向かう。

「遅くなってしまったわ。食堂へ行きましょうか」

「……へいへい」

ため息をつきながらハヤテはシェリーのあとを追い……ふと考える。

（首筋へのキスってどういう意味だったかな？）

▽

タッグ試験当日。

試験が行われるのは本校舎からやや離れた場所にある第二訓練場だ。

第二訓練場は半屋外といった感じの天井《てんじょう》のないドーム型グラウンドで、周囲には観覧席も設けられている。当然ここにも土中にミスリルが埋められていて、戦闘《せんとう》によるケガなどを無効化する『ヴァルハラの加護』がかけられているそうだ。

試験官のレーラに呼ばれて第二訓練場に入ったハヤテたちを、対戦相手のレドとフォルテナが待ち構えていた。

「お前らが噂《うわさ》の男の契約獣《サーヴァント》にビクトリア・ヴェルデか」

はじめにハヤテたちに声をかけてきたのはレドの方だった。資料で見た通り全体的にワイルドな雰囲気《ふんいき》を漂《ただよ》わせており、褐色《かっしょく》の肌《はだ》と野性味溢《あふ》れる眼光が印象に拍車《はくしゃ》をかけている。

彼女の契約獣《サーヴァント》であるガーゴイルは宙でゆっくりと羽ばたきながら背後に控えていた。

彼女はハヤテとビクトリアに視線を向け、ハンッと鼻で笑う。

「すんごい優秀《ゆうしゅう》な一年だって聞いてたからどんなもんかと思ってたけど、たいしたことなさそうだな。ぼくの敵じゃなさそうだ」

「レド。油断。ダメ」

高笑いするレドを窘《たしな》めたのは、その隣に佇《たたず》むフォルテナだった。こちらはレドと対照的に冬の湖面を思わせる物静かな少女で、長い黒髪《くろかみ》を後ろで結《ゆ》って背中に垂らし、契約獣《サーヴァント》の鎌鼬《かまいたち》を肩《かた》にのせている。

「えー、別にいいだろーフォル。ホントのことだし」

フォルテナに小言を言われてレドは唇《くちびる》を尖《とが》らせた。

(この学院じゃ珍しいタイプの人だな……)

ここの生徒はみなお嬢様《じょうさま》ばかりなので、彼女のように砕《くだ》けた感じの少女は珍しい。

「随分《ずいぶん》と舐《な》められているようですけど、私は誰《だれ》であっても容赦《ようしゃ》する気はありませんよ？」

それまで黙《だま》っていたシェリーがふと鋭《するど》い視線を先輩《せんぱい》に投げかける。

そこではじめて彼女に気づいたように、レドは首を傾げた。

「ん？　何だーお前？」

「対戦。相手。レド。バカ？」

「しっ知ってたし！　バカじゃないし！」

(なんか和《なご》むなこの人たち)

ハヤテはそんな感想を抱《いだ》いたが、一方で無視されまくっているシェリーはといえば、かなり不愉快《ふゆかい》そうに口をへの字に曲げた。

「ふふっ、わたくしと比べて影《かげ》が薄《うす》いからって、別に落ち込むことなくってよ」

「……別に気にしてないわ」

笑い声を押し殺すビクトリアから視線を背《そむ》けるシェリー。

（うーん、大丈夫かな？）

またも口喧嘩《くちげんか》している様子のふたりを見て、ハヤテの中で再び不安がもたげてくる。

昨日ハヤテなりにふたりを説得したつもりだが、はたして効果があったのかはよく分からない。昨夜はビクトリアが食堂に出てこなかったので、結局あのあと彼女とシェリーが話す機会もなかったし……

「そろそろ始めるぞ」

レーラのひと言で両タッグはグラウンドの東側と西側に移動した。

「では始め」

盛り上げる気のないレーラのかけ声とともに、対峙《たいじ》する少女たちが叫《さけ》ぶ。

「「創起《キャスト》！」」

ハヤテもまたシェリーの胸元《むなもと》に手を伸《の》ばし、声を張り上げる。

「創造《クリエイション》！」

「あああーッ！」

シェリーのあられもない声。

同時に彼女の胸元にある結印から剣《けん》の柄《つか》が生まれ、さらにあの詩《うた》もハヤテの脳裏《のうり》に流れ込んでくる。

其《そ》は王を殺す剣――

其は神を弑《ころ》す剣――

其は世界を滅《ころ》す剣――

「――界燼剣《かいじんけん》『レーヴァティン』！」

赤熱する光が結印から溢れ出し、巨大《きょだい》な刃《やいば》を持つ大剣が姿を現す。

「風の中で踊《おど》りし者、汝《なんじ》が祝福によって、我を大地の楔《くさび》から解き放ちたまえ――《飛翔《フリーゲンウオーク》》」

数瞬遅《すうしゅんおく》れ、シェリーは魔法でわずかに地面から浮《う》き上がる。

「『蛇翼の鞭《ティルワーム》』！」

ビクトリアもまた彼女の『魔導器《ワンド》』を手に戦闘準備を整えた。

「『偉大なる魔装《マジェスティックアーマー》』！」

「『招風扇《ゲイルメイカー》』」

一方で対戦相手であるレドとフォルテナも、アリアが資料で見せてくれた全身鎧と扇の『魔導器《ワンド》』を創起《キャスト》して迎撃《げいげき》態勢を取る。

「行くわよハヤテ」

「あっ、お、おう！」

シェリーの声に反応し、先行しようとする彼女の前へ出る。

結局ビクトリアとは何の打ち合わせもできていない。やはり昨日までできなかった連携《れんけい》を今日いきなり取るなんて無理なのか？

「ハンッ！　ひとりで突《つ》っ込《こ》んでくるなんてバカだなー！」

鎧のフェイスガードの奥からレドが嘲笑《あざわら》った。

「風刃《ふうじん》」

フォルテナが静かな声とともに舞《ま》う。

彼女が扇を翻《ひるがえ》すと、鋭い風の刃が次々と生まれた。

「クッ！」

ハヤテは飛来した風刃を炎《ほのお》の剣で斬《き》り飛ばす。

一瞬、突進力《とっしん》が削《けず》られる。

「失敗。追撃《ついげき》」

フォルテナが舞い、連続して扇が翻る。

このまま釘《くぎ》づけにされるのはマズい……！

「焔《ほのお》よ！」

『レーヴァティン』から炎が迸《ほとばし》り、風の刃をまとめて呑《の》み込む。

「行けッ！」

ハヤテはさらに剣の柄を握《にぎ》り締《し》め、炎をそのままフォルテナへとぶつける！

しかし——その炎はフォルテナの前に現れた楯《たて》によって防がれる。

「ハンッ！　そんな炎ぼくの楯には効かないぞ！」

楯を構えたレドは得意気に笑う。

遠距離攻撃《えんきよりこうげき》じゃダメか……！

『レーヴァティン』は炎を出すこともできるが、直接攻撃に比べるとやや威力《いりょく》が落ちる。

あの楯を破るにはやはり近づくしかないようだ。

だが、

「魔技《マギカ》——」

フォルテナはさらに風の舞《まい》を踊る。

「──烈風斬裂陣《シュレディングストーム》」

彼女を中心に巨大な魔法陣《まほうじん》が広がり、無数の風の刃がハヤテの行く手を完全にふさぐ。

（俺ひとりならごり押しで突破《とっぱ》できるかもしれないけど、あの攻撃はこっちを全員狙《ねら》ってやがる……⁉）

ビクトリアは何とかできるだろうが、『魔導器《ワンド》』を持たないシェリーはそうもいかない。

とにかくあれを迎撃しなければ──と、ハヤテが身構えた時、

「ハヤテ。頭を下げなさい」

「へ？　わわっ！」

後ろからシェリーが彼の頭を押さえつけ、無理やり体を屈《かが》めさせる。

こんな体勢じゃ剣を振《ふ》れない……ハヤテは慌てたが、その頭上をビュンッ‼　と凄《すさ》まじい風切り音を響《ひび》かせて何かが通りすぎた。

直後。

バシッ‼バシッ‼バシッ‼バシッ‼バシッ‼バシッ‼バシッ‼バシッ‼

ハヤテの背後から飛来した鞭──『蛇翼の鞭《ティルワーム》』がフォルテナの魔技《マギカ》をことごとく打ち落とした。

「ビ、ビクトリア？」

「わたくしを忘れていただいては困りますわね」

振り返ったハヤテの目に堂々と胸を張ったビクトリアの姿が映る。

彼女はチラッとシェリーを見やり、

「あら、一発くらい当たっても仕方ないかと思ってましたけど、無事でしたのね」

「ビクトリアさんが出しゃばりなのはこの二週間でよーく分かっていたから。全体を狙ったあの攻撃は自分で対処したがると思ったのよ」

シェリーもまた不敵な視線を相手へ返す。

今のはいつものシェリーならハヤテに風刃を防がせていた場面だ。

けれど彼女は「ビクトリアならこうする」と確信し、ビクトリアもまた「当たっても仕方がない」と言いつつ一撃《いちげき》も掠《かす》らせすらしなかった。いや、頭を下げていなかったら掠りぐらいしていたかもしれないが、彼女もまたシェリーなら避《よ》けると確信していたのかもしれない。よく考えれば訓練で巻き添《ぞ》え攻撃を喰《く》らっていたのはいつもハヤテだけだ。

（これも連携《コンビネーション》……っていうのか？）

「そのまま伏《ふ》せていなさいな！」

ビクトリアは『蛇翼の鞭《テイルワーム》』を大きく振り上げてその先端《せんたん》をどこまでも伸ばし――一気に振り下ろす。

「はあああ！」

全射程全領域攻撃《オールレンジ・オールラウンド》。

グラウンドを埋《う》め尽《つ》くす鞭の嵐《あらし》がレドとフォルテナを襲《おそ》う。

レドの防御力《ぼうぎょりょく》が学院随一《ずいいち》であろうとも、あの楯一枚では相方や契約獣《サーヴァント》まで護《まも》りきれないはず……かと思ったのだが、

「魔技戦女神の護神《マギカトワイライトイージス》！」

レドの楯に刻まれた魔法陣が発光したかと思えば、楯が十数枚に分裂《ぶんれつ》した。

いや、分裂したかのように見えたのは、どうやら魔力の塊《かたまり》でできた楯のコピーのようだ。

しかし、コピーもまた楯本体と同じ防御力を持っているらしい――しかも、それらの楯はレドの手を離《はな》れ、自動で迫《せま》りくる鞭を防御していた。

「自動防御ですのね……ッ！」

効果がないと見切ったビクトリアはピタリと手を止める。

「本人は無理でもガーゴイルくらいは倒《たお》せるかと思いましたのに」

ビクトリアは歯噛《はが》みする。

確かにあの全射程全領域攻撃《オールレンジ・オールラウンド》を前にしたら相手も自分たちを護るのに精いっぱいで、契約獣《サーヴァント》にまでは手が回らないのではと思わせたが。

（さすが上位ランカー……そこまで甘くないか）

「ハンッ！　お前らの攻撃なんてどっちもぼくの楯の前じゃ無意味なんだよ！」

妙《みょう》に憎《にく》みきれない子供っぽい口調でレドがこちらの攻撃を笑い飛ばす。

そして、その横でフォルテナが次なる魔技《マギカ》を発動させた。

「魔技姿哭き殺風《マギカヴァニッシュメントゲイル》」

瞬間《しゅんかん》、ふたりの姿が契約獣《サーヴァント》ごとかき消える。

「透明《とうめい》に!?」

「そのようね……」

シェリーもハヤテの言葉に頷《うなず》く。

「厄介《やっかい》ですわね」

相手が姿を消したのを見て、ビクトリアもハヤテたちの傍《そば》へと駆《か》け寄ってくる。

「——ッ!?　チッ！」

「このッ！」

突然《とつぜん》、死角から飛んできた風刃をハヤテが防ぎ、攻撃の飛んできた方向へビクトリアが鞭を振るったが空振《からぶ》りに終わった。

（消耗《しょうもう》戦になったら不利なのはこっちだ。ビクトリアのさっきの攻撃なら相手が見えなくても当たるかもしれないけど、レドの戦女神の護神《トワイライトイージス》がある限り全部防がれる。どうしたら……？）

ハヤテがぐるぐる思考を回転させていると、不意にシェリーがビクトリアに声をかける。

「ビクトリアさん」

「……何ですの？」

「前にも言ったけれど、私、あなたとタッグを組みたくない理由なら十個くらいすぐにあげられるわ」

「わたくしだって今すぐ百個くらい言えますわ！」

「それじゃあやっぱり私たちって仲よしこよしとはいかないわね」

「当然ですわ！」

（いきなり何言ってんだシェリーの奴《やつ》は？）

ここへ来てまた口喧嘩《くちげんか》を始めたのかとハヤテは焦《あせ》るが……シェリーは特に表情も変えず、

「でも、私にはこの試験に勝ちたい理由があるわ」

「……そんなのわたくしにだってありますわ」

「そう。だったら――」

彼女はその言葉を口にする。

「――今日くらいは手を組みましょうか。友達とか仲間とかじゃなくて、好敵手《ライバル》として」

シェリーがそう言うと、ビクトリアは少しの間まばたきをしたあと……フンッと口の端《はし》を曲げる。

「わたくしたちにはそれくらいがちょうどいいですわね。あなたには借りもありますし、いつか必ずわたくしが倒して差し上げますわ」

「楽しみにしているわ。返り討《う》ちにするけどね。じゃあ、まあ今はとりあえず、力を合わせてあの先輩《せんぱい》たちを倒しましょうか。ハヤテ」

「っ、おう！」

「『レーヴァティン』を自分の足元に突き刺《さ》しなさい」

「？」

ハヤテはシェリーの指示に従って炎の剣《けん》を地面に突き刺す。

そうなれば当然彼には攻撃手段がなくなる――間髪《かんはつ》を入れずに、無数の風刃《ふうじん》が飛んできた。

「はあああ！」

それらをビクトリアが『蛇翼の鞭《ティルワーム》』で弾《はじ》き落とす。

彼女に護られながら、シェリーは地面に手を当てて呪文《じゅもん》を詠唱《えいしょう》する。

「冷廟《れいびょう》を護りし者、其《そ》の凍《い》てつきし腕《かいな》によって、捕《と》らえし者に無明の束縛《そくばく》を与《あた》えたまえ――《極寒の牢獄《ナーストレンド》》」

「……？」

シェリーの魔《ま》法《ほう》が発動した時、最初ハヤテは不発かと思った。

そのくらい何の変化もなかったのだ。彼だけは。

「冷たッ⁉　何ですの⁉」

「静かにしてちょうだい」

いきなり悲鳴をあげたビクトリアの方を何かと思って振り返ってみれば、彼女の足がふくらはぎの辺りまで凍《こお》っていた。シェリーも同様の状況《じょうきょう》だが、こちらは至って冷静である。

「《極寒の牢獄《ナーストレンド》》は罠《トラップ》系の魔法。大地の上に立つ者を残らず凍らせる」

「それでわたくしの足を凍らせてどうするおつもりですか⁉　これでは動けないではありませんの⁉」

「……！」

ビクトリアが叫《さけ》んだセリフで、ハヤテはふと合点《がてん》がいく。

《極寒の牢獄《ナーストレンド》》は大地の上に立つ者を残らず凍らせる。即《すなわ》ち、

「うわっ！　何だこれ⁉」

「レド。失言」

見えていようといまいと、空を飛んでいないレドとフォルテナも必ず罠にかかる。

ハヤテは声のした背後を振り返った。そこには人の脚《あし》の形に浮《う》き上がった氷柱《つらら》が四本
……あそこでふたりの先輩は動けなくなっている！

今更黙《いまさらだま》ろうが最初から声を出さなかろうが、あれなら相手の位置は丸分かりだ。

そして、地面に刺した『レーヴァティン』の刃の熱で《極寒の牢獄《ナーストレンド》》を防いでいたハヤテは、何の問題もなく動くことができる。

「シェリーを頼《たの》んだ！」

そうビクトリアに言い残し、ハヤテは『レーヴァティン』を担《かつ》いで駆け出した。

足を踏《ふ》み出す度《たび》に靴《くつ》裏からパキパキと凍る音がするが、『魔神器《ゼーレ》』によって強化された脚力《きやくりよく》は《極寒の牢獄《ナーストレンド》》を振り払《はら》いながら相手との間合いを一気に詰《つ》めていく！

「フォル！　ぼくたちの居場所はバレてる！　魔技《マギカ》を解いて後ろの奴を狙《ねら》って！」

「解除」

レドの叫び声とフォルテナの声が聞こえ、姿哭き殼風《ヴアニツシユメントゲイル》が解除されてふたりの姿が現れる。

ハヤテは今シェリーの傍にいない。彼女が倒されれば『レーヴァティン』も消える。

「魔技烈風斬裂陣《マギカシユレデイングストーム》」

だが。

「ああもう！　鞭が振《ふ》りにくいですわ！」

今はシェリーと手を組んだビクトリアが彼女を護ってくれている。

（ライバルか……！　友達とか仲間以外にも、そんな関係だってあるんだな）

昨日ハヤテが願った形とは違《ちが》うが、それもまた人と人の絆《きずな》の形だろう。それがシェリーの頑《かたく》なな部分を少しでも解《と》かすならば、何であっても構わない！

この戦いでそんな絆が結ばれたというなら、そのラストは勝利で飾《かざ》る！　それが俺の下《げ》僕《ぼく》としての務めだ！

「お前の攻撃《こうげき》じゃぼくの楯《たて》は破れないぞ！」

迫りくるハヤテをフェイスガードの奥から睨《にら》みながらレドが吼《ほ》える。

鉄壁《てっぺき》の防御で全《すべ》ての攻撃を防ぎさえすれば、まだ自分たちは負けないと思っているのだろう。

だが彼女は知らない――『レーヴァティン』の本当の威力《いりょく》を！

「おおおお！」

一閃《いっせん》。

赤熱する刃が魔力の楯を両断する。

「なっ⁉」

二、三、四、五──

(自動防御《ぼうぎょ》だろうが何だろうが関係ない！)

八、九、十、十一──

(どんな壁《かべ》だって俺の剣で突破《とっぱ》してやる！)

最後の楯本体を破壊《はかい》し、ハヤテは火花で弧《こ》を描《えが》く刃を腰《こし》だめに据《す》える。

「魔技《マギカ》……！」

「終わりだ！」

悪足掻《わるあが》きをしようとしたフォルテナの魔技《マギカ》が発動する前に、ハヤテの振り抜《ぬ》いた『レーヴァティン』が彼女たちの胴体《どうたい》をまとめて捉《とら》えた。

「うぐっ！」

「……。無念」

『ヴァルハラの加護』によって傷ひとつないが、ダメージ超過《ちょうか》の負荷《ふか》によってレドとフォルテナは重なるようにして気絶する。

「勝者、シャルラッハロート・ヴェルデタッグ」

相変わらずトーンの変わらない声でレーラがハヤテたちの勝利を告げた。

▽

同時刻。

ハヤテたちの勝利を観覧席から見下ろすひとつの視線があった。

ビクトリアの姉シルヴァーナだ。

「……」

彼女は腕を組み、観覧席の隅《すみ》からジッとビクトリアとシェリー、そしてハヤテのことを仏頂面《ぶっちょうづら》のまま見下ろし続ける。

彼女がこのタッグ試験を見学していたのは、ビクトリアを介《かい》して本人に伝えてある通り、ヴェルデ家のクエストをシェリー宛《あて》に発行するかどうかを見極《みきわ》めるためだ。

そして、その結果は彼女が見届けた通りだ。

これで当初の予定通りことを進めるのが決まった。

その判断を下したあと、シルヴァーナは……

「勝ってしまったのか……」

と呟《つぶや》き、第二訓練場をあとにした。

第三章　海とクエスト

その日ハヤテとシェリーはレーラから指導室へ来いと呼び出しを受けた。

「何の用だろうな？　指導室なんて」

「たぶん、ビクトリアさんの言っていたクエストの件じゃないかしら？」

「ああー」

タッグ試験で勝てれば受けられるという例の〝クエスト〟という奴《やつ》か。

「まあ、私の与《あずか》り知らぬところで、ハヤテがまたどこぞで女生徒と問題を起こしたせいで、ご主人様の私まで反省文を書かされるという可能性もあるけど」

「その可能性はないから安心しろ！」

少なくともここ数日そういった心当たりはない……ないよな？

多少ドキドキしながらハヤテが指導室まで行くと、扉《とびら》の前でビクトリアが待っていた。

「あれ？　ビクトリアもレーラに呼ばれたのか？」

「依頼《いらい》者はヴェルデ家ですもの。わたくしも同じクエストを受けますわ」

「へ？」

ということはタッグ試験に続き、そのクエストとかいうものでも彼女と一緒《いっしょ》か。

「血縁《けつえん》者から発行されたクエストは達成しても、たいして成績に反映されないはずだけれど？　ビクトリアさんはそれでもいいの？」

ハヤテとビクトリアの会話にシェリーが口を挟《はさ》んでくる。

「なあ？　そういやクエストって結局何なんだ？　ここまで来ておいてなんだけど、俺未《いま》だに何をやるのか全然知らないぞ」

「クエストというのは学院の制度のひとつよ」

ディアスペル王立学院には国や貴族から『クエスト』と呼ばれる依頼が届くことがあるらしい。その内容は主に調査や魔獣《まじゅう》の討伐《とうばつ》で、達成すれば難易度に応じて成績が加算されるそうだ。

「あれ？　でも魔獣の討伐って騎士《きし》団の仕事じゃ……？」

「王国は若手の育成に熱心な国だから。魔女騎士《ヘクセンリッター》の卵をぬくぬくと育てすぎて、いざという時に使い物にならなかったら大変でしょう？　だから実戦の経験を積ませるためにもクエストは発行されるの。あとは騎士団の負担を減らすという目的もあるわね」

「へえ～」

クエストにはS～Dランクまであり、『学内ランキング』が低いと高いランクのクエストは受けられないそうだ。

またクエストは今回みたいに依頼主が受ける相手を指名してくる場合もあるらしい。ただし先程《さきほど》シェリーが指摘《してき》したように、血縁者同士の依頼は加算される成績が低くなる。我が子の成績を上げるために血縁者がクエストを連発するのを防ぐためだそうだ。

「いいから、さっさと入りますわよ」

ビクトリアは強引《ごういん》に話題を打ちきって、『指導室』のドアをノックする。

「入れ」

中からレーラの声がして、三人は部屋の中に入った。

『指導室』にはレーラ、それに今回の依頼者らしいシルヴァーナがいた。

「貴様たちにヴェルデ家からクエストの依頼が入った。ランクはC。内容はヴェルデ家直轄領《ちょっかつ》の港町プエルトの近くで目撃《もくげき》された魔獣の調査だそうだ」

ソファに腰かけた三人に、レーラが早速《さっそく》クエストの話を始める。

「随分《ずいぶん》とランクの低い任務ですね」

内容を聞いたシェリーは小首を傾《かし》げ、チラッとビクトリアの方を盗《ぬす》み見る。

ただでさえ血縁者からの依頼は成績に反映されにくい。その上ランクの低いクエストではほとんど雀《すずめ》の涙《なみだ》だ。素直《すなお》に授業を受けていた方がまだ成績が上がるレベルだろう。

そんなクエストを実の娘《むすめ》に振るのは誰《だれ》だって疑問に思う。

(ていうか、そもそも疑問と言えばシェリーを指名する理由も謎《なぞ》だよな)

それも事前にタッグ試験で実力を見た上で、だ。

「……」

ハヤテはシルヴァーナの表情を盗み見るが、相変わらず仏頂面で何を考えているのかまるで読めなかった。

「クエストの期間は来週の頭から一週間なのだ。三日後に迎《むか》えの馬車を学院に寄越《よこ》すので、それに乗ってヴェルデ家まで来てもらう。それから……」

シルヴァーナは淡々《たんたん》と具体的な話を進めようとするが、その頭をレーラが小突《こづ》いた。

「随分と偉《えら》くなったものだなシルヴァーナ。勝手に話を進めるとは」

「む。実際偉くなったのだ。今の私は当主だぞ、先生」

「当主だろうが何だろうがここは学院だ。クエストについても学院の規定に従ってもらう」

「むぅ……」

彼女も学院の元生徒なのか、教師のレーラとはいまいち力関係で負けているように見えた。あるいは相手がレーラだから、というのもあるのかもしれないが。

「さてどうする？　シャルラッハロートの言う通り、これはお前たちが受けるにしてはランクの低いクエストだ。指名されたとはいえ、お前たちにも拒否《きょひ》する権利がある」

クエストを受けるか否《いな》かは完全に生徒自身の裁量で決めていいらしい。

「今回はやめておくか？」

「まさか。お引き受けします」

レーラの問いにシェリーは即答《そくとう》した。

「ふむ……ヴェルデはどうする？」

「わたくしはもちろん引き受けますわ」

ビクトリアの方も答えはシェリーと同じだった。こちらは実家からの指名なのだから当然かもしれないが。

ちなみにハヤテに対する確認《かくにん》はなかった。彼は立場上シェリーの契約獣《サーヴァント》に過ぎないので、そういった決定権を持っていないのだ。

「では学院にはそのように申請《しんせい》しておく。学院の規定でランクCのクエストには最大五人でチームを組んで受けられるから、ほかに誰か連れていきたい者がいるなら交渉《こうしょう》しておけ。追加の人員が増えたらその都度《つど》私に伝えろ。以上だ」

その後改めてシルヴァーナから詳細《しょうさい》な説明を受け、いくつかの質問をしたあと指導室を辞した。

昼休みも終わりそうだったので、ハヤテたちはそのまま教室へと向かうことにする。ビクトリアは一度寮《りょう》の部屋に戻《もど》るというので、途中《とちゅう》でいったん別れた。

「シェリー。そういやどうしてこのクエストを受けるのにこだわってたんだ？　タッグ試験でビクトリアと組んで勝てなんて条件まで吞《の》んで」

あの時シェリーはビクトリアと組むのを嫌《いや》がっていたが、クエストを発行すると言われて急に態度を変えたのだ。それがずっと気になっていた。

「そうね……ハヤテは私の家が没落《ぼつらく》した理由は知っているでしょう？」

「それは、まあ……」

四大貴族だったシャルラッハロート家が没落したのは、シェリーの母親が領内に現れたキュクロプスの大群を討伐する前に失踪《しっそう》したせいだ。その時に彼女の故郷では多大な被害《ひがい》が出た。

「〝あの〟シャルラッハロート家の娘にクエストを頼《たの》みたがる貴族なんて滅多《めった》にいないわ。誰でも受けられるフリーのクエストを受けようと思っても、今度は私の名前を見て依頼主の方から断られるかもしれないわね」

「……」

「だから、まずはひとつでも多くクエストをこなして、地道に実績を積む必要があるのよ。ヴェルデ家は名門だし、そこのクエストに指名されたとなれば多少は評判も上がるわ」

「なるほどな……いろいろ考えてんだ」

今回のクエストを受けたのは長期的な展望を見据《みす》えてということか。

「じゃあまあ、そのクエストは頑張《がんば》るとして……ほかに誰か誘《さそ》うか？　最大五人だから、あと三人までなら一緒に受けられるみたいだけど」

「そうね……」

そうしてハヤテとシェリーは三日後の出発までに、いろいろと準備を整えることにした。

▽

「おお！　潮の香《かお》りがしてきた気がするな」

ハヤテは馬車の窓から顔を出しながら子供のようにはしゃいだ。

あれから三日。事前の説明通り迎えの馬車が現れ、ハヤテたちはそれに乗ってヴェルデ家のある港町プエルトへ向かっていた。

風を切って走る馬車のスピードに対するワクワク感は、乗るのが二回目となっても依然《いぜん》として健在だ。その上今回の目的地は港町なので、別の楽しみもある。

「海か～。楽しみだな～」

過去の記憶《きおく》をほとんど失っているハヤテにとって、海は知識上のものでしかない。

だから「はじめて」見る海が純粋《じゅんすい》に楽しみだった。

（それに知らない風景を見たら、記憶が少しは戻るかもしれないし）

なんて淡《あわ》い期待もある。

「ハヤテ。騒《さわ》ぎすぎよ」

ワクワクしっぱなしのハヤテを隣《となり》に座るシェリーが窘める。

「っと、ワリィ」

若干恥《じゃっかんは》ずかしくなりながらハヤテは窓を閉め、ふわふわの席に腰《こし》を下ろした。名門貴族が寄越した迎えだけあって、馬車の内装も豪華《ごうか》なものだ。

ちなみにハヤテとシェリーの対面にはビクトリアが座り、彼女の相棒リンディスは馬車の床《ゆか》でとぐろを巻いている。

さらにハヤテたちが乗っているもののほかにもう一台馬車があり、そちらには今回のクエストに誘ったアリアとキルルが契約獣《サーヴァント》と一緒に乗っているはずだ。彼女らを誘ったのはハヤテだが、ふたりはこちらの頼みを快諾《かいだく》してくれた。

（まあ何だかんだで気心知れた仲間がたくさんいる方がいいよな）

一方で、その気心知れた仲間『候補』（に勝手にハヤテが登録している）ビクトリアはというと、さっきからずっと黙《だま》り込んでいて自分の髪《かみ》の先を指でイジっていた。

「ビクトリア」

「へ？　はっ、はい！」

ハヤテが声をかけると、彼女はビックリしたように顔を上げた。

驚《おどろ》かすつもりのなかったハヤテは少々戸惑《とまど》いつつ、簡単な質問を投げかける。

「なあ、プエルトの海ってどんなところなんだ？」

「えっと、その……き、綺麗《きれい》なところですわよ。水も綺麗で、ヴェルデ家所有のプライベートビーチもありますわ」

「へぇー」

プライベートビーチというものが何なのか分からなかったので訊《き》いてみると、どうやらヴェルデ家の関係者しか入れない浜《はま》があるそうで、そこでは誰にも邪魔《じゃま》されずに泳いだり遊んだりすることができるらしい。

「好きに泳げるのか～。泳いでみたいな～」

「私たちは遊びに行くんじゃないのよ。分かっている、ハヤテ？」

「あっ、いや、もちろん分かってるって」

シェリーに釘《くぎ》を刺《さ》され、ハヤテは首を竦《すく》ませる。

「……」

そんなふたりのやり取りを見つつ、ビクトリアは再び口を閉ざして髪をイジり始めた。

そんな道中を経て、ハヤテたち一行を乗せた馬車はヴェルデ家の邸宅《ていたく》の前に到着《とうちゃく》した。

「お帰りなさいませビクトリアお嬢様《じょうさま》。そして、アリア・ヴァイスハイト様、キルル・デーメテール様、シェリー・シャルラッハロート様、ハヤテ・ミツルギ様、ようこそいらっしゃいました。どうぞこちらへ」

出迎《でむか》えに現れたメイド長に先導され、ハヤテたちはシルヴァーナの執務室《しつむ》へと案内される。

「ご当主様。お連れいたしました」

「うむ」

執務机で何かの書類に目を通していたシルヴァーナはいったん手を止め、その顔を上げてこちらに視線を寄越した。

彼女は仕事が累積《るいせき》していたのでハヤテたちより先にこちらに戻っていたのだが、その仏《ぶっ》頂面《ちょうづら》は相変わらずだった。あるいはそれがデフォルトなのかもしれないが、どうにも常に不機嫌《ふきげん》そうに見える。

（何て言うか感情が読みづらい人だよなあ……）

前にも思ったことを改めて感じるハヤテ。

「遠路はるばるよく来てくれたのだ。座るといい」

シルヴァーナはハヤテたちにソファを勧《すす》め、測ったようなタイミングでメイドが六人分の紅茶を運んでくる……よかった。ここではハヤテも客人として認められているようだ。

「今回はご指名ありがとうございます。ご指名いただいた以上は、私も全力を尽くす所存です。それでは改めてクエストの内容の確認なのですが」

ちょっと感動しているハヤテの横で、シェリーは改めてシルヴァーナに頭を下げ、クエストの確認をしようとする。

が、

「待つのだ。そんなに焦《あせ》る必要はない」

「？」

「依頼《いらい》した魔獣《まじゅう》の調査は明日《あした》からでいいのだ」

シルヴァーナはそう告げると紅茶をひと口飲む。

……魔獣がいるかもしれないのに随分《ずいぶん》と暢気《のんき》な話だが、そこまで逼迫《ひっぱく》した事態ではないということなのだろうか？

「……」

依頼主にそう言われてはシェリーとしても先の話をすることはできない。

「まずはメイド長に各自の部屋に案内させるのだ。そこで体を休めるといい。もし行きたいところがあるなら馬車を出すのだ」

「……そうですか。では、お言葉に甘えさせていただきます」

「うむ。ではメイド長、あとは頼む。ビクトリアは話があるのでここに残るのだ」

「分かりましたわ。お姉様」

ビクトリアは小さく頷《うなず》いた。

彼女だけを執務室に残し、客人のハヤテたちは各自泊《と》まる部屋へとメイド長に案内してもらう。

「……なんか俺、やたらとビクトリアのお姉さんに見られてた気がするんだけど」

廊下《ろうか》を歩きながら、ハヤテはふと先程感じたことを独り言気味に呟《つぶや》く。

その呟きにアリアが答えた。

「まあ、ハヤテ君は珍《めずら》しい存在だからね。やっぱり気になるんじゃないかな」

「うーん、そっか」

言われてみればまあ、確かにそれでも納得《なっとく》できる。

「お客様。契約獣《サーヴァント》はご自分の部屋に連れていかれますか？　必要でしたらこちらでお預かりいたしますが」

「あ、いえ、あたしはクロと一緒《いっしょ》がいいです」

「ん。私もかな。肩《かた》の上にミリアがいないと寂《さび》しいしね」

「承知しました」

キルルとアリアの返事にメイド長は頷く。

「それで、シャルラッハロート様とミツルギ様ですが」

「私たちも同じ部屋で構いませんわ」

「おい」

相変わらず躊躇《ちゅうちょ》のないシェリーにハヤテがツッコミを入れておく。

そのツッコミに効果があったのかどうかは分からないが、メイド長は少しだけ困った表情を見せる。

「申し訳ありませんが、ミツルギ様にはみなさまと少し離《はな》れたお部屋にお通しするよう申しつかっております」

「あら？　どうしてですか？」

「理由までは知らされておりませんが……ただミツルギ様は男性の方ですので。まだお若い女性の方と同じ部屋にするのは何かあった時よろしくない、ということではないでしょうか？」

要するに「人の家の中で変なことをされると困る」ということだろう。

至極《しごく》もっともだとハヤテも頷く。

だがシェリーの方はまだ不満そうで……。

「いえいえその辺りはお気遣《きづか》いなく。何かあったとしても合意の上ですので。なにしろ私は彼のどれ……」

「うがあー！」

初対面の相手にとんでもないことを口走ろうとしたアホの口を慌《あわ》ててふさぐ。

「別の部屋で全然オッケーです！　ええ、何の問題もありませんから！」

「左様ですか」

むーむー言っているシェリーをそのまま彼女の部屋に放《ほう》り込み、ハヤテはメイド長に従って屋敷《やしき》の中でもやや離れに位置する客室へ案内された。

「何かご入り用がありましたらメイドたちにお申しつけくださいませ。それでは」

最後に一礼してメイド長は退室する。

「……ふぅ～疲《つか》れた」

ひとりになったことでドッと力を抜《ぬ》き、ハヤテはベッドの上に体を投げ出した。

（名門とは聞いてたけどやっぱり家もデケェんだな。ベッドのシーツもなんか学院のより肌触《はだざわ》りがいい気がするし）

まあそんなとんでもなく差があるわけではないが、気分の問題だろうか？

しばらくそうやってベッドの感触《かんしょく》を楽しんでいると、ふと部屋の扉《とびら》がノックされる。

「は……」

「ハヤテ。海に行くわよ」

返事をする前に入ってきたのはシェリーだった。後ろにはキルルにアリア、それにシルヴァーナとの話が終わったらしいビクトリアもいる。

「海？　でもさっきは遊んでる暇《ひま》はないって」

「向こうが一日暇をくれたんだから、存分に海を楽しんでも問題ないでしょう」

変わり身が早いというか柔軟《じゅうなん》というか……。

呆《あき》れなくもないが、ハヤテも海に行きたかったので彼女の意見に異を唱えるつもりはさらさらない。彼はベッドから立ち上がり、彼女たちのあとに続いた。

「水着は好きなものを貸してくれるそうよ」

「水着って？」

「有り体《てい》に言えば泳ぐための服ね。しっかりと選んでくるのよ？　私も凄《すご》いのを選んでいくから」

（何だろう……妙《みょう》に嫌《いや》な予感がする）

半ば確信に近いものを感じつつ、ハヤテはこっそり心の中でため息をついておいた。

▽

移動にはまた馬車を使った。と言っても今回は街中を通るので、かなりゆったりとした速度だ。大地を駆《か》け抜ける爽快《そうかい》感はないが、蹄《ひづめ》の音と港町の喧騒《けんそう》を聞いているだけでも楽しい気分になる。

「にぎやかな街だな」

「スターファム王国最大の港町だからね。貿易も商売も盛んだ。人口も多いし、おいしいものもたくさんあるよ」

アリアの解説を聞きハヤテはへぇ～と感心する。

「我がヴェルデ家が治める街なのですから当然ですわね」

ビクトリアも鼻高々だ。

「時間があれば遊びに来てもいいかもな」

「ですねっ」

そんな会話をキルルと交《か》わしつつ、馬車は進む。

やがて目的地のプライベートビーチに到着した。

海に入る前にまず水着に着替《きが》える必要があるので、女性陣《じん》は馬車の中で、ハヤテは外の木陰《こかげ》でそれぞれ着替えることになる。

「それとも私たちと一緒に着替える？」

「そんなことさせませんわ！」

シェリーの提案はビクトリアによって即却《そくきゃっか》下され、ハヤテもそちらに賛成だったので素直《すなお》に先に浜《はま》へ移動して着替えも済ませておく。

メイドに借りたパラソルやシートの準備もして……やることがなくなって手持ち無沙汰《ぶさた》になり、なんとなくボーッと海を眺《なが》めていた。

（しっかし海ってのはデケェなあ。あれ全部塩水なんだっけ？　泳ぎは……まあ、なんとなくできる気がするけど、俺って昔海に来たことあるのかな？）

相変わらず過去の記憶《きおく》は曖昧《あいまい》だ。

それとなく視線が下へ。

「にしても、この泳ぐための……水着だっけ？　何つーか下着で外にいるみたいだなあ」

海ではこんな格好をするものと誰《だれ》が決めたのだろうか？

そりゃ水を吸うと服は重くなるし、溺《おぼ》れる危険も増すけれども、何も半裸《はんら》同然にならなくても……。

「お待たせハヤテ」

「おう、シェ、リ、イ……!?」

背後からの声に振《ふ》り返り、そのままハヤテは凍《こお》りつく。

振り返った先にいたのは半裸のシェリーだった。

いや、この言い方は語弊《ごへい》があった……彼女はちゃんと水着を着ている。言い直そう——ほぼ全裸に近い布地面積しかない水着を着たシェリーが、蠱惑《こわく》的な笑《え》みを浮《う》かべていた。

うん、言い直したら余計エロくなった。

「どう？」

「どっ、どうっておまっお前……」

もはや狼狽《うろた》えるしかない。

顔が熱くなるのを感じるが、それでも彼女の水着姿から目を離せないままだ。

シェリーは何もかも透《す》けそうなくらい白い水着の紐《ひも》を引っ張りながら、おもしろいものでも見るような視線をハヤテに寄越《よこ》す。

「まったくこのエロ下僕《げぼく》は。やっぱり私の水着に見惚《みと》れてしまったようね」

「いや、あのな。半ば予想通りだけど、そんな格好で外に出て恥《は》ずかしくないのか⁉」

まさかこちらの覚悟《かくご》をはるかに上回る必殺技《わざ》が飛んでくるとはハヤテも予想外だった。

心臓が激しく脈打ってる……ドキドキする。

「さすがに普通《ふつう》の海じゃこんな水着着られないわよ。でもここはプライベートビーチだし、私たち以外誰もいないわ」

「いや、アリアたちもいるからな？」

「アリアさんたちなら別にいいわよ。それに男はあなたしかいないしね」

シェリーは微笑《ほほえ》み、次いで胸を強調するようなポーズを取る。

「で、どうなの？」

「あーうん……」

ハヤテは褒《ほ》め言葉をいくつか考える。が、

「エロい」

結局いつもの感想に落ち着いた。

「あなたねぇ、たまには別のことも言えないの？」

「お前がエロキャラなのが悪い」

「失礼ね。私みたいな清純系女子を捕《つか》まえて」

「清……純……？」

「えいっ」

　ブスリ
「イッデェ！　目はやめろ目は！」

「そんな節穴な眼球は文字通り穴あきになってしまえばいいわ」

「お前はいちいち怖《こわ》いってーの！」

　恐《おそ》ろしくてあとずさるハヤテ。

「あの……ハヤテさん？」

　そこへ遠慮《えんりょ》がちな声がかけられる。

　声のした方を向くと、そこにはいつものふたり。アリアとキルルが並んで立っていた。

「やあ、いつもふたりは仲がいいね」

「そうかあ？」

　仲のいい奴《やつ》らは目突《めつ》きなんかしないと思うが。

首を傾《かし》げたくなるが、アリアは気にせず快活に笑う。

「それにしてもシェリー君の水着は大胆《だいたん》だねぇ。スタイルもいいし、私なんかじゃ隣《となり》に立てないなあ」

「コメントに困るけれど、まあ褒め言葉として受け取っておくわ」

「はっはっは」

そう言うアリアの水着は髪《かみ》の色と同じ真っ赤なビキニだった。

（アリアはいつでも余裕《よゆう》があるというか、嫌味《いやみ》がないよなあ。俺と違《ちが》ってシェリーを怒《おこ》らせないし）

それに隣に立てないとか言いつつ、彼女も脱《ぬ》ぐと結構……。

「ハッ……！　ハヤテさん」

「ん？」

少しアリアの水着姿に目を奪《うば》われていたハヤテは、キルルにくいっと手を引っ張られてそちらを見やる。

「どうした？」

「あ、あの……あたしの水着はどうですか？」

「ああ。スッゴくかわいいぞ」

キルルの水着は花柄《はながら》のパレオのついたかわいいデザインだった。正直、シェリーの水着を見たあとだとなんだかホッとする。主に布地面積とか。

「へぇー……キルルさん相手だと普通にかわいいって褒めるのね？」

殺気!?

恐る恐るハヤテが振り返ると、シェリーが目を細めてこちらを睨《にら》んでいた。

「いや、その、別に他意はないというか」

「……フンっ」

ハヤテの弁解を無視し、シェリーは不機嫌《ふきげん》そうにそっぽを向く。

……何だろう怒らせてしまったのに今の反応が少しかわいいと思ってしまった。

「シェリー」

ハヤテが今度こそちゃんと彼女を褒めようとした時、

「お待たせしましたわね！」

遅《おく》れてやってきたビクトリアがふたりの間に割って入った。

その瞬間《しゅんかん》、とんでもないボリュームを持つ彼女の胸の膨《ふく》らみが高波のように波打った。

特注サイズと思われるビキニからこぼれ落ちそうになる胸。

「う……ぉ……！」

無意識に呻《うめ》き声が漏《も》れる。それくらいの迫力《はくりょく》だった。

「……」

シェリーの目つきがさらに険しくなるが、ハヤテはそれに気づかずボーッとしている。

「ちょっと、ハヤ……」

彼女は何か言いかけるが、そこへメイドのひとりが割って入ってきた。

「すみません、シャルラッハロート様。実はご当主様から言付けを預かっておりまして、こちらへ来ていただけますか？」

「む……」

シェリーはメイドとビクトリアの間で視線を往復させたが、さすがに当主の名前を出されては無視するわけにもいかず、仕方なくそのメイドのあとをついていく。

そうして下僕の傍《そば》から主人がいなくなったタイミングで……

「コ、コホン」

ふとビクトリアが何やらわざとらしい咳払《せきばら》いをした。

（……何だ？）

ハヤテが首を傾げていると、意を決したらしい彼女から液体の入った瓶《びん》を差し出される。

「ハ、ハヤテさん。サンオイルを塗《ぬ》ってくださるかしら？」

「なぬ⁉」

思わず変な声が出た。

「はや、早くなさいな！　あまりわたくしを待たせるんじゃありませんわ」

ハヤテがイエスともノーとも言えない内に、ビクトリアは強引《ごういん》にサンオイルの瓶を押しつけてシートの上に寝《ね》そべってしまう。

「ではお願いしますわ」

「……分かったよ」

こうなっては逃《に》げ道がない。ハヤテは観念してサンオイルを手に取った。

ヌルリとした液体を手に広げて……もう一回ゴクリとつばを呑み込む。

「じゃあ……塗るぞ」

「ええ……」

うつ伏《ぶ》せのままビクトリアは返事をしてくる。気のせいか、彼女も緊張《きんちょう》しているような声音《こわね》だった。

彼女はすでに水着の肩紐《かたひも》をはずしており、その背中をハヤテに向かって無防備に晒《さら》している。浮いた肩甲骨《けんこうこつ》、体に潰《つぶ》されて少し形を変えた乳房《ちぶさ》、充分《じゅうぶん》に発育しているお尻《しり》、どれも凄《すさ》まじく色っぽい。

（スゲェ。エロさでシェリーに負けてない……）

そんな少女の体にこれからヌルッとした手で、あちこちベタベタと触《さわ》りまくれというのか……いや、サンオイル塗るだけなんだけど。

いつまでも固まったままでいるわけにもいかない。

ハヤテは恐る恐る彼女の背に、微妙《びみよう》に腰《こし》を浮かせて跨《また》がり、サンオイルを塗り始めた。

「んっ……んくっ」

（変な声出すなーッ！）

変な気分になるから！

（ヤバい。ビクトリアの背中メッチャやわらかい。むにゅむにゅする。すべすべしてる）

あとちょくちょくこっちの太ももに当たるお尻の感触《かんしよく》もヤバい。背中以上のやわらかさだ。それによく見ると下の水着のラインもメチャクチャ際《きわ》どい。

これはもう完全にヤるかヤられるかの世界としか思えなかった。悩殺《のうさつ》的な意味で。

（は、早く終わりにしないと……！）

「ほらっ、背中は終わったぞ。もういいだろ？」

「何を言ってますの？　まだ肩《かた》と、脚《あし》と……あっあとお尻も残ってますわよ」

「お尻!?」

「後ろは塗りづらいんですのよ！　つべこべ言わずにおやりなさいな！」

そんなこと言われても……本当にいいんだろうか？

どう見てもビクトリアの顔も真っ赤に染まっているのだが、いくら言っても意見を変えようとしないので……仕方なくもう一度サンオイルを手に取る。

「じゃ、じゃあ……」

むにょん
「うひゃあっ⁉」

(うわー何だこれ指が沈《しず》む)

もはやこれは凶器《きょうき》と言ってもよかった。理性を破壊《はかい》する凶器。

「あっ、ちょっ、いや……」

むにょむにょむにょむにょ
気づかぬ内にハヤテの手は何度も揉《も》むようにして、ビクトリアの尻を撫《な》で回していた。

「……ハッ！」

いかん。理性を失ってた。しっかりしろ俺！　こんなことしてるところをシェリーに見られたら……

「ハ・ヤ・テ」

「!?」

冷気のような声を浴びせられ、一瞬で火照《ほて》っていた体が凍《こお》りつく。

「ご主人様がいないのをいいことに、いったい何をしていたのかしら？　このエロ下僕」

「……どうか命だけは」


砂浜《すなはま》に首まで埋《う》められました。

「ぐおおお……かっ、海水が目とか鼻に！」

波打ち際ギリギリに埋められたので、たまに勢いのある波がくると飛沫《しぶき》が顔にかかる。

まあ自業《じごう》自得なんだが。

男という生き物はいつになったら己《おのれ》の欲望を制御《せいぎょ》できるようになるのだろう？

自分にはしばらくムリそうだなとか思いつつ、ハヤテはジリジリと照りつける太陽を見上げた。

そこでふと彼の顔に影《かげ》がかかる。

「あらら、ハヤテ君も大変だね」

「アリア」

ハヤテの正面に立った赤髪の少女の肩には、いつものっている機械仕掛《じか》けのフクロウがいない。どうも機械の体というのは海水に弱いらしく、今は馬車の屋根で待っている。

「なんかミリアがいないと変な感じだな」

「ん？　そうだね〜。ぼくも肩の上が寂《さび》しいよ」

そう言ってアリアは腰を落としてその場に座り込む。

「……！　ア、アリア」

「ん？　何だい？」

「あ、いや……」

そこに座られるとアリアの赤いビキニが目と鼻の先に……とは言えず、ハヤテは砂の中で背中がじんわり熱くなるのを感じた。

ぺたっ
「ん？」

ぺたぺたぺた
なんかアリアが顔を触ってくる……。

「何？」

「いやあ、そういえばこんな風にハヤテ君に触るチャンスなんて滅多《めった》にないなあと思って」

アリアは照れ笑いのようなものを浮《う》かべ……すぐにその笑顔《えがお》はマッドな色に染まる。

「このチャンスにいろいろと調べて」

「誰《だれ》か助けてくれー！」

ハヤテは力の限り叫《さけ》んだ。


「はぁ～エラい目に遭《あ》った……」

あのあと自力でアリアから逃げ出したハヤテは軽く嘆息《たんそく》する。『レーヴァティン』なしでも火事場の馬鹿力《ばかぢから》という奴《やつ》は凄《すご》いものだ。

特にすることもなかったハヤテは砂浜をテキトーにぶらぶらしていた。

ざくざくという砂の感触が気持ちいい。

しばらくひとりで散歩していると、やがて彼を探しにシェリーとキルルがやってきた。

キルルはその胸に大きなビニール製のボールを抱《かか》えていて、ハヤテを見つけるとパアーと笑顔になって走り寄ってくる。

「ハヤテさん。ビーチボールで遊びませんか？」

「おう、いいぜ」

「ほらハヤテ。早くしなさい」

ふたりの少女に引っ張られ、ハヤテは海の浅瀬《あさせ》まで移動する。

「じゃあ行くぞー。それっ」

「えい」

「わっわっ、ととと」

最初は三人でボールを回していたが、やがてアリアとビクトリアも合流する。

「おや、楽しそうだね。私も混ぜてくれないかな？」

「オホホ、わたくしも混ざって差し上げてもよくってよ」

「アリアさんはどうぞ。ビクトリアさんはまた明日《あした》ね」

「どういうことですの⁉」

まあそんなやり取りもありつつ、改めて五人でビーチボールをトスし合う。

「それっ、キルル」

「わっ！　も～アリアのイジワル！」

アリアとキルルの幼馴染《おさななじみ》コンビは相変わらず仲よさそうだ。

「えいっ」

「このっ！」

「えいっ」

「くっ！」

「えいっ」

「このっ……くっ、シャルラッハロートさんはわたくしに何か恨《うら》みでもあるんですの!?」

「いえ、まさか、そんな。ただビクトリアさんは胸にもふたつビーチボールを持っているみたいだから、この子《ボール》もお仲間のところへ返してあげないとと思って」

シェリーとビクトリアは仲がいいんだか悪いんだか……

というか。

「ハッ！」

「えいっ」

あのふたりがトスやらスパイクをすると、別のボールもポンポン揺《ゆ》れるな。

名誉《めいよ》のために言っておくとアリアもちゃんと揺れる。キルルは……まあ、将来性に期待ということにしておくとして、とにかく問題はシェリーとビクトリアだ。

特に胸の大きなあのふたりときたら、お互《たが》い意地になって無茶な跳《と》び方までしてボールを追うので、それはもう奔放《ほんぽう》にあっちへこっちへ胸が弾《はじ》けまくっていた。

（海ってのは危険なところだったんだなあ……）

ハヤテは鼻を押さえながらしみじみ思う。

「おーい、いい加減こっちにもボール回せー」

これ以上は目の毒と、ハヤテはシェリーたちにトスを要求する。ボールがなくなればひとまず彼女たちの乳《ちち》揺れ大フィーバーも止《や》むはずだ。

「ハァ、ハァ、いいですわよ。それっ！」

さすがに疲《つか》れ始めていたのか、ビクトリアは素直《すなお》にボールをこちらへ放った。

しかし、ちょっとばかり力加減を間違《まちが》えたのか、ボールは大きく弧《こ》を描《えが》いて誰もいないところへと飛んでいってしまう。

「おっとっと……」

ハヤテは頭上のボールを目で追いながら浅瀬をザブザブと進み——同じようにボールを追いかけていたキルルとぶつかった。

「わっ！」

「キャッ！」

ザブンッ‼

ふたりして水中に倒《たお》れ込む。は、鼻に海水が……！

「プハッ！」

慌《あわ》ててハヤテは水面へ顔を出し、大きく息を吸い込む。

……ん？　なんか腕《うで》の中にやたらやわらかいものがあるような。

「あああのハハハヤテさん⁉」

「え……？」

頭の下から焦《あせ》ったような声が聞こえてきて、ハヤテはゆっくりと視線を下げ……自分の腕の中にキルルの小さなつむじが収まっているのに気がついた。

しかも転んだ時にとっさに掴《つか》んでしまったのか、彼女のささやかな——だけどわずかに膨《ふく》らんだ胸まで掴んでしまっていて……

「このエロ下僕《げぼく》……」

「いや、あの……じ、事故だよな、キルル？」

シェリーの怒《いか》りに満ちた声を聞いて、ハヤテは慌てて腕の中の少女に助けを求める。

「ハヤテさんがあたしの胸を揉んだハヤテさんがあたしの胸を揉んだハヤテさんがあたしの胸を揉んだ……っ、つまり三角関係⁉　二股《ふたまた》だなんてそんなっ！　……えっ、ま、まさか三人一緒《いっしょ》に……⁉」

しかし、胸を揉まれたショックでキルルはすでに妄想《もうそう》の世界にトリップしていた。

「まったく……ほら、いい加減キルルさんの胸から手を離《はな》しなさい、っ⁉」

と、ハヤテの方へと近づこうとしたシェリーは、急にやってきた強い波に足を取られて転びそうになってしまう。

「シェリー！」

咄嗟《とっさ》にハヤテは手を伸《の》ばす。

で。

「……あなたの手は倒れた女子の胸を揉むためにあるのかしら？」

その大きな胸を鷲掴《わしづか》みにされながらシェリーは呆《あき》れたような、妙《みょう》に嬉《うれ》しそうな声で問うてくる。

ハヤテとしてはただただ真っ赤になりながら否定するしかなかった。

▽

やがて時間は過ぎ、すっかり海で遊び倒したハヤテたちはヴェルデ邸《てい》へと戻《もど》った。

「海水はべたつきますので。湯殿《ゆどの》の準備ができております、こちらへ」

海から水着のまま馬車で帰ってきたハヤテたちは、そのままメイドの案内で浴場へと連れて行かれる。

ヴェルデ家には風呂《ふろ》が三ヶ所あり、内ひとつは豪勢《ごうせい》な露天《ろてん》風呂だそうだ。今回は泳いだあとのべたつきを落とすだけなので、一番簡素でシャワーのついたお風呂らしい。

「右手が男性用、左手が女性用となっております」

「んじゃ、俺だけ右だな」

「そうだね。じゃあ、またあとで」

女子たちは笑って左の女風呂へ向かう。と、なぜかメイドさんも五、六人ばかりあとに続いていった。

「ミツルギ様。どうぞこちらへ」

「え？　いや、何でメイドさんまで男風呂に？」

「？　お客様のお背中をお流しするのはメイドの務めでございます」

さも当然のように言われ、ハヤテは顔を真っ赤にする。

「結構です！」

「あ、ミツルギ様」

追ってこようとするメイドさんの前で扉《とびら》を閉め、固く拒絶《きょぜつ》する。

扉に鍵《かぎ》がなかったのでしばらく取っ手を押さえていたが、その内メイドさんも諦《あきら》めたらしく、「着替《きが》えだけ用意させていただきます」と言い残して扉の前から去っていった。

ホッとひと息ついたハヤテは扉から手を離し、脱衣《だつい》籠《かご》に水着を入れて浴室へと入る。

「おお、簡素って割に広いなー」

少なくとも寮《りょう》の個室風呂の三倍はあった。

これはシャワーだけで済ますのはもったいない。夕食まで時間もあると聞いているし、ここは肩《かた》まで湯船に浸《つ》からせてもらうか。

「ふぅ〜〜〜」

うーん、広い。気持ちいい。

女子風呂も同じくらいの大きさなら、四人でも余裕《よゆう》で入れるくらいだろう。そんな広さのお風呂をひとり占《じ》めというのはいい気分だ。シェリーに召喚《しょうかん》されて以来、珍《めずら》しく男でよかったと思えた瞬間《しゅんかん》である。

そんな風にハヤテがリラックスしていると——不意に、風呂場のドアがスライドした。

「誰だ？」

「私よ」

「……ってお前かよ！」

シェリーだった。てっきりまたメイドさん辺りが戻ってきたのかと思ったのに。

ちなみにシェリーは例のエロい白水着だった。全裸《ぜんら》でないだけマシ……いやいやそもそも状況《じょうきょう》がおかしい！　騙《だま》されるな俺！

「ここは男風呂だ！　さっさと女風呂に帰れ！」

「あら冷たい。せっかくアリアさんやメイドさんたちを誤魔化《ごまか》して、ご主人様が下僕のところまで来てあげたっていうのに」

「頼《たの》んでねぇ」

「やあね。下僕の頼みなんて聞くわけないでしょう」

理不尽《りふじん》だ……。

「それで？　何しに来たんだよ……？」

抵抗《ていこう》は無駄《むだ》と悟《さと》り、ハヤテはぶっきらぼうに尋《たず》ねる。

「こっちへ来なさい」

シェリーは有無《うむ》を言わさぬ口調で命令し、ハヤテはそれにおとなしく従う。

「で？」

もう一度尋ねると、今度は何も言わずに彼女は自分の体に薬液をピュッピュッとかけ始める。

「ほら、手を出して」

「ん？」

さらにハヤテの手の上にも薬液をかけ、両手で泡立《あわだ》たせた。

そして。

「はい。じゃあ、その手で私の体を全身くまなく洗って頂戴《ちょうだい》」

「……は？　はあぁぁぁぁ!?」

驚《おどろ》きのあまり絶叫《ぜっきょう》するのが一瞬遅《おく》れた。

「静かになさい。メイドたちが来るわ」

「……！」

慌てて口をふさぐハヤテ。遠回しに釘《くぎ》も刺《さ》されているというのに、こんな場面を見られたらただじゃ済まないかもしれない。

「俺の手でお前の体を洗えって……どういうつもりなんだよ？」

「いいから」

「いや、でもよ……」

ハヤテがなおも渋《しぶ》っていると、シェリーから急に極寒《ごっかん》の冷気が漂《ただよ》ってきて……

「ビクトリアさんのお尻《しり》にサンオイルは塗《ぬ》れても、私の体には触《さわ》りたくないというわけ？」

狼《おおかみ》だって射殺しそうな視線を向けられ、風呂に入って温まったばかりの体が背骨に氷柱《つらら》でも突《つ》っ込《こ》まれたように凍《こお》りついた。

「あ、洗わせていただきます」

完全降伏《こうふく》したハヤテは緊張《きんちょう》の面持《おもも》ちで、後ろから泡立てた手の平を彼女の肩へとのせた。

そこから、撫《な》でるように手を二の腕へと下ろしていく。

「ん……」

「……ッ！」

ハヤテの硬《かた》い手の平が柔肌《やわはだ》を擦《こす》る度《たび》にシェリーが艶《なま》めかしい声を上げる。

正直腰《こし》に巻いたタオルくらいじゃ防御が心許《こころもと》なかった。

「んっ……んっ……んっ」

「腕……と、背中……終わったぞ」

声を我慢《がまん》して唇《くちびる》の端《はし》を噛《か》み、白い肌を上気させたシェリーにハヤテは声をかける。

「んっ……ハヤテ、私は全身くまなくと言ったはずよ」

（やっぱり腕と背中だけじゃ妥協《だきょう》してくれないか……！）

ここで退《ひ》いてくれるような性格ならハヤテはいつも苦労してない。

「……分かった」

頷《うなず》きつつ、ハヤテは覚悟《かくご》と自制心を同時に最大まで高めた。

何だかんだ言いながらもハヤテだって男だ。この状況で何も昂《たか》ぶらないはずがない。一歩間違《まちが》えれば間違いの地平線まで突っ走ってしまう自信がある。

だからこそ、慎重《しんちょう》に……ハヤテは泡立つ両手を背中側から彼女の体の前へと回した。

「あっ、んくっ……！」

ハヤテの手がお腹《なか》に触《ふ》れると、シェリーはさっきよりも大きな喘《あえ》ぎ声を漏《も》らす。

今の体勢は後ろからハヤテがシェリーを抱《だ》きかかえているようなものだ。当然、背中を泡《あわ》で擦《こす》っている時よりも密着する。

「洗うぞ……」

「……きて」

もはやシェリーのひと声ひと声が極上《ごくじょう》の媚薬《びやく》だ。

彼女の囁《ささや》きが耳朶《じだ》を打つ度、ハヤテは内側から溢《あふ》れそうになる欲望と必死に戦いながら、彼女のお腹をやさしく撫でくり回す。

「アッ！」

おへそに指を引っかけると、ひと際《きわ》高い声が上がった。

無意識なのか、シェリーはハヤテの両手を押さえるように自分の両手を重ねている。ほとんど添《そ》えられているだけだが、ハヤテは彼女の手が望むように手を動かし続けた。

やがて……シェリーはハヤテの右手をお腹の上へと持ち上げていく。

「――ふっ……！」

手がシェリーの乳房《ちぶさ》に触れた瞬間、彼女はまた声を我慢する。我慢しなければならないくらいの声を上げそうになったのだ……。

「……ハヤテ。動かして」

どこかポーッとした表情で、シェリーは振《ふ》り返るような上目遣《うわめづか》いでねだってきた。

「ねぇ、お願い……いつも、私の方からじゃない」

「……ッ!」

思わず右手に力がこもりそうになるのを、ハヤテは全力で抑《おさ》えた。

(そういや、俺の方からシェリーに触れたことって今までなかったのか……あの夜のキス以外)

もちろん『魔神器《ゼーレ》』を抜《ぬ》く時は例外だ。

これまで何度かシェリーの体に触れたことはあるが、全部彼女がハヤテの手なり腕《うで》なりを取って無理やり触らせるという形だった。

それって結構ヒドいことだったんじゃないかと今更《いまさら》ながら思う。

下僕《げぼく》と奴隷《どれい》の主従契約《けいやく》。あんなにも深い絆《きずな》を結んでおいて、俺の方からは何もしないなんて。シェリーが不安に思っても仕方がない。

しかも最近はやたらとビクトリアがスキンシップを取ってきていたし、おまけに先程《さきほど》の海でのサンオイル。あれに対抗《たいこう》するようにシェリーが自分の体にハヤテを触らせようとするのも、ある意味無理からぬことなのかもしれない。

男として情けない限りだ。

今からでも彼女のことを満足させてやりたいと、ハヤテは心の底から思った。

「やさしくするけど、つい力が入っちまうかも……痛くしたらごめんな」

「……いいわ。あなたの好きにして」

甘い囁きが、ハヤテのトリガーを引く。

それまで遠慮《えんりょ》がちな動きだった彼の手が急にシェリーの体を抱き寄せ、密着したまま彼女の胸や太ももをなぞる。

「アァァ……！　ンッ、ンンンッ……！」

元から透《す》けやすくて際どいデザインの白水着の上から、男の硬い手が少女の胸をほとんど揉《も》みしだくように動き、シェリーは隣《となり》の女子風呂まで声が聞こえないように人差し指を噛んで堪《こら》えなければならなかった。

「……ッ！　……ッ！」

我慢しているのはハヤテも同様だ。ここでそこまでするのはお互《たが》い本意じゃないというのは分かってる。これはあくまで今までハヤテがためてきた負債《ふさい》を清算しているだけだ。

だから、ここはシェリーが最初に提示した条件である「体を洗う」という行為《こうい》、それ以上のことはしてはならないのが暗黙《あんもく》の了解《りょうかい》……ではあるが、自分の手の中で何度も痙攣《けいれん》し、喘ぎ声を殺し、全身を朱《しゅ》に染めている彼女に対して、全《すべ》ての欲望を抑えつけるのは並大抵《なみたいてい》のことじゃない。

「ハヤ、テ……」

「シェリ、イ……」

お互い泡まみれだ。それはふたりがどれだけ触れ合っていたかの証左でもある。

これ以上はいけないとお互いに思いつつ、お互いに限界だった。

ふたりの唇が吸い寄せられるように近づく……そうして両者のタガが同時にはずれそうになった時――

「ミツルギ様。着替《きが》えをお持ちしました」

「「!?」」

脱衣《だつい》所から聞こえてきた第三者の声により、我に返るふたり。

どうやらハヤテの着替えを取りにいっていたメイドが戻《もど》ってきたらしい。

「あ、ありがとうございます！」

慌《あわ》ててハヤテは礼を言いつつ、メイドが浴室のドアを開けないことをひたすら願った。

「もうすぐ夕食の準備が整いますので、なるべく早くお上がりくださいませ」

幸いメイドは必要事項《じこう》だけを伝え、そのまま脱衣所から出ていった。

「ふうぅ～～～」

ハヤテは大きく安堵《あんど》の息を吐《は》く。

とんでもないピンチだったが、ハプニングのおかげで頭が冷え、最後の一線は超《こ》えずに済んだ。その点はある意味幸いといえる。

「もう、いいよな？」

「……ええ」

若干名残惜《じゃっかんなごりお》しそうに、お互いに離《はな》れる。

「決して忘れてはダメよ、ハヤテ――」

まだ赤みの残る頬《ほお》のまま、シェリーは言葉を紡《つむ》ぐ。

「――あなたは私の下僕。どんな時でも、私のことを一番に考えなさい」

その言葉にハヤテは跪《ひざまず》いて、頭《こうべ》を垂れる。

「仰《おお》せのままに。ご主人様」

▽

当主のシルヴァーナを交えた堅苦《かたくる》しい夕食を終え、ハヤテは離れの一屋で休んでいた。

「っとと、トイレ」

離れにトイレはなかったので、ハヤテは屋敷《やしき》の方まで行って用を足した。

「ふぅ」

手を洗い、離れに戻ろうとする……その途中《とちゅう》、シルヴァーナの執務《しつむ》室から明かりが漏れているのに気がついた。

扉《とびら》の前を通る時、ふとシルヴァーナとメイド長の声が聞こえてくる。

「ビクトリアは手こずっているのか？」

「そのようです。ビクトリアお嬢様《じょうさま》なら簡単に任務を完遂《かんすい》されるかと思ったのですが」

任務？　……クエストのことか？

だが魔獣《まじゅう》調査のクエストは明日《あした》からでいいと言ったのはシルヴァーナだ。そのクエストを、まるでビクトリアひとりでやっているかのような物言いはどういうことか？

ハヤテはピタリと足を止めて聞き耳を立てる。

メイド長の報告らしきセリフは続く。

「あのシャルラッハロート様は想像以上に手強《てごわ》い方のようです。一筋縄《ひとすじなわ》ではいかないでしょう」

（今度はシェリーの話？　何なんだいったい？）

ハヤテはもっと話をよく聞こうと扉に近づこうとして、うっかり物音を立ててしまう。

「誰《だれ》ですっ⁉」

（やべっ！）

盗《ぬす》み聞きがバレたハヤテはメイド長が廊下《ろうか》に出てくる前に、急いでその場から逃《に》げ出して自分の部屋へと戻っていった。

第四章　クエスト一日目

翌日。

（結局昨日のアレは何だったんだろうな……？）

昨日のアレとはもちろんシルヴァーナとメイド長の会話のことだ。

気になりはするが、得られた情報は断片的《だんぺん》すぎてたいした推測も立てられない。

（かといって本人に聞くのもなあ……）

ハヤテはそう思いながら、チラリとその「本人」を見やる。

「件《くだん》の魔獣らしき影《かげ》が目撃《もくげき》されたのはこの辺りなのだ」

シルヴァーナはそう言って、ハヤテたちの眼前に広がる山間の谷を指し示した。

ハヤテたちは馬車で山道を登ってきたが、港町プエルトからでも徒歩で来られる距離《きょり》だ。

依頼《いらい》にあった魔獣の影を目撃したのは複数人いて、山菜を採りに山に入った者や単に山道を歩いていた者など状況《じょうきょう》は様々らしい。

「目撃証言が複数あるのなら、もっとその魔獣の姿形について詳細《しょうさい》な報告が上がってもいいような気がしますけど……？」

シルヴァーナに質問したのはアリアだ。いつも彼女の肩《かた》にのっている機械仕掛《じか》けのフクロウは、今は空から谷を偵察《ていさつ》しに行っている。

「目撃証言と言ってもかなり話がまちまちで、いまいち魔獣の正体が摑《つか》めないのだ。唯一《ゆいいつ》共通しているのは奇妙《きみょう》な鳴き声を聞いたというものなのだ」

「鳴き声……ですか？　それは単なる動物の鳴き声なんじゃ……」

「毎年のように山に入っている領民の証言なのだ。山に棲《す》んでいる動物の鳴き声くらい把《は》握《あく》している。それにどれもハッキリと見たわけではないが、魔獣の影を見た者もいるようなのだ。だがそちらの証言も妙《みょう》に食い違《ちが》っているようなのだ……」

ある老人によると、その影は小熊《こぐま》程度の大きさで翼《つばさ》が三枚生えていたらしい。

ある夫婦《ふうふ》によると、その影は二足歩行する獣《けもの》で頭は鳥、くちばしには鋭《するど》い牙《きば》が並んでいたらしい。

ある少女によると、その影は猿《さる》のような姿だが尻尾《しっぽ》の先にもうひとつ頭があったらしい。

「ふむ、なるほど。随分《ずいぶん》とおもしろい魔獣が多いようですね」

話を聞いたアリアはそんな感想を漏《も》らす。

「おもしろい？　……というわけで捜索《そうさく》する魔獣の姿形についてはまったく判然としていないの

だ」

「今回のクエストはその魔獣の正体を調査するということですよね？」

「うむ。討伐《とうばつ》は魔獣の正体が掴め次第《しだい》、我がヴェルデ家の騎士《きし》団が行うのだ」

クエスト内容の確認《かくにん》が終わったところで、アリアの契約獣《サーヴァント》ミリアが帰ってきた。

「うーん……残念ながら空からじゃその魔獣を見つけられなかったみたいだ」

アリアはよしよしとミリアの頭を撫《な》でながら報告する。

空からの偵察で見つかれば楽できたのだが、さすがにそう上手《うま》くはいかないようだ。

「仕方ない。直接谷に下りるのだ」

シルヴァーナは特に残念がることもなく宣言する。

「なら、ハヤテ」

「分かってるよ」

魔獣がいるかもしれない谷に下りるというなら準備しなければならない。

ハヤテはシェリーの胸元《むなもと》にある結印に右手を重ねる。

「創造《クリエイション》──『レーヴァティン』！」

「ンッ！　アァァ！」

……いつもより剣《けん》を抜《ぬ》く時のシェリーの声が大きい気がする。

昨日の風呂場《ふろば》でのことを思い出し、ハヤテは全身の熱が上昇《じょうしょう》するのを感じた。

「……」

――そんなふたりの様子をシルヴァーナがやたらとジッと見ていた。

「創起《キャスト》――『蛇翼の鞭《ティルワーム》』！」

「創起《キャスト》――『装雷神の籠手《ボルカニツクガントレット》』！」

ビクトリアとキルルもまた彼女たちの『魔導器《ワンド》』を顕現《けんげん》させる。

「あれ？　アリアとシルヴァーナ……さんは『魔導器《ワンド》』出さないのか？」

「うん。私の『魔導器《ワンド》』は創起《キャスト》するとミリアが動けなくなっちゃうんだ。今回は調査が目的だから、このままで行くよ」

「キュルル」

ふむ。なるほど。アリアはそれでいいとして、シルヴァーナはどうなのだろう？

「私のことは気にするな」

どうやらシルヴァーナもそのままでいいようだ。

まあ、『魔導器《ワンド》』を創起《キャスト》し続けるのにも微量《びりょう》ながら魔力《まりょく》を消費するらしいので、いざという時まで温存しておくという判断もアリなのだろう。

「《監視網《ロールシャッハ》》も起動しておきます。少し待っていてください」

「うむ」

シェリーはシルヴァーナにひと言断りを入れてから《監視網《ロールシャッハ》》の準備をした。

三分も経《た》たない内に数十の氷塊《ひょうかい》が彼女の周りにふわりと浮《う》かぶ。この氷塊ひとつひとつが敵影《てきえい》を報《しら》せる監視塔《かんしとう》となる。

「では行くのだ」

シルヴァーナのひと声でクエストが本格的に開始された。

ちなみに学業との兼《か》ね合いもあるので一クエストにかけられる期間は最大一週間で、それを過ぎるとクエスト失敗とみなされ強制的に学院へ戻されてしまう。この期間をあらかじめ超過《ちょうか》するようなクエストは最初から学院では受け付けておらず、そういった事案は王国かその領地を治める貴族の騎士団が解決する。

期間内にクエストを達成できるかはハヤテたちの実力と運次第だ。

全員で開けた山道から藪《やぶ》の中へと入り、谷へと下り始める。

「ていうかこの谷って結構深いし広いよな……迷ったらどうしよう？」

「ミリアがいるから大丈夫《だいじょうぶ》だよ。どこからでも帰り道は分かるさ」

「そりゃ安心だ」

安心したところで改めて坂を下っていく。

調査はシェリーの《監視網《ロールシャッハ》》と黒獣《ブラックドッグ》の嗅覚《きゅうかく》を頼《たよ》りに行われた。

途中で二手に分かれるという案も出たのだが、依頼主であるシルヴァーナも無理して急ぐ必要はないと言ってくれたので、遭難《そうなん》の危険を考慮《こうりょ》して全員で固まって調査を続ける。

最初の一時間は特に何も発見できずに終わった。

やがて谷底に着き、小川の流れる少し開けた場所を見つけたのでそこでいったん休憩《きゅうけい》を取ることにする。

「ふぅ……」

ハヤテは手頃《てごろ》な岩の上に腰《こし》かけてひと息ついた。

初のクエストということもあり、体はともかく精神的な疲労《ひろう》が若干蓄積《じゃっかんちくせき》している。それにずっとデコボコの坂道を木と藪をかき分けて進んできたので、こうした開放感のある場所で休めるのはよかった。

「ハ、ハヤテさん」

彼が座っているところへビクトリアが近づいてくる。

「なんだビクトリアか」

「なんだとはなんですわ！」

ハヤテの反応に憤慨《ふんがい》しつつ、ビクトリアは何気ない風を装《よそお》って彼の隣《となり》に腰を下ろした。

隣といっても同じ岩の上なので、距離《きょり》的にはかなり近い。

（な、何なんだ……？　ていうか体温が）

密着しているお尻《しり》の部分から彼女の熱量が感じられて、そのやわらかさとともにドギマギしてしまうハヤテだった。

「な、なあ」

「何ですの？　何か文句がありまして」

「いや、別に……」

眉《まゆ》を吊《つ》り上げられつい、言葉を引っ込めてしまう。

そこからしばし沈黙《ちんもく》が続いたが、ふとビクトリアは水筒《すいとう》を取り出し、フタになっているコップにお茶を注いでこちらに差し出してきた。

「どうぞ。お飲みになられたら？」

「ああ、ありがとな……って熱ッ！」

思ったよりお茶が熱く、ハヤテはコップから口を離《はな》す。

「……熱かったですか？」

「ああ」

「そう、な、ならしししし仕方ありませんわね。こちらへお寄越《よこ》しなさい」

「？」

ハヤテは言われた通りお茶の入ったコップを手に持ったまま彼女の方へ差し出す。

「では……行きますわよ」

何をするのかと思って見ていると、

「ふっ、ふぅーっ、ふぅーっ……！」

ビクトリアは耳元の髪《かみ》をかきあげながら、自らの吐息《といき》で湯気の立つお茶を冷まし始めた。

（これ……『ベリーインカフェ』のサービスの）

しかも彼女が以前に羞恥心《しゅうちしん》に負けて大失敗をした奴《やつ》だ。

それをハヤテのためにやってくれているらしい。

かといって別に羞恥心を克服《こくふく》したわけではないようだ……彼女は耳たぶまで真っ赤にしながら、懸命《けんめい》に息をお茶に向かって吹《ふ》きかけている。

「……ど、どうですの？　これだけやれば飲めるのではなくて？」

「えっと、じゃあ、いただきます」

ビクトリアがあまりにもジッと見つめてくるので、ハヤテは圧力に負けて若干ぬるくなったお茶を飲み干した。

ハヤテは礼を言ってコップを返すが、ビクトリアは特にその場から動こうとしない。当然お尻も密着したままだ。かといって邪険《じゃけん》にするのも気が引ける。

（う～ん、こんなところシェリーに見られたらまた）

と心配に思ったが、彼女は現在シルヴァーナに頼《たの》まれて《監視網《ロールシャッハ》》を休憩地の周囲に配置しに行ってまだ帰ってきていない。キルルとアリアもやや離れたところで話をしているようで、ふたりの邪魔《じゃま》をする人間は今のところ皆無《かいむ》だった。

「ね、ねぇ……」

ビクトリアがやや躊躇《ためら》いがちな声で話しかけてくる。

「ハヤテさんとシャルラッハロートさんはどういう関係ですの？」

「どういうって……知っての通りだけど」

ハヤテとシェリーは多少特殊《とくしゅ》ではあるが、基本的に魔女騎士《ヘクセンリッター》と契約獣《サーヴァント》という関係だ。

「……本当にそれだけですの？」

「え？」

（あれ？　今ので納得《なっとく》しないのか？）

じゃあビクトリアはどんな答えを望んでいたのだろう？

ハヤテが小首を傾《かし》げながらビクトリアの横顔を見ていると、彼女は、

「それならわたくしにもチャンスが……」

と、独り言のように呟《つぶや》いた。

「ビ――」

何のことなのか尋《たず》ねかけた時――背筋に妙《みょう》な悪寒《おかん》が走り、ハヤテは猛然《もうぜん》と顔を上げる。

「な、何ですの？」

彼に釣《つ》られてビクトリアも周囲を見回す。

その時、休憩地の周りを警戒《けいかい》していたシルヴァーナが戻《もど》ってきた。

「ビクトリア」

「お姉様？」

「魔獣《まじゅう》が現れたのだ。気を引き締《し》めておけ」

「！」

姉のひと言でビクトリアが表情を変える。

「ハヤテ」

シルヴァーナとともに《監視網《ロールシャッハ》》を周囲に配置していたシェリーも戻ってきた。

アリアとキルルもこちらへやってきて、六人で一ヶ所に固まって周囲を警戒する。

ハヤテたちがいるのは周りを山の木々に囲まれてできた窪地《くぼち》だ。足元を流れる小川は足でまたげるほど細いので戦闘《せんとう》の妨《さまた》げにはならない。

四方の山のどこから魔獣が来てもいいように、ハヤテは『レーヴァティン』を、ビクトリアたちもそれぞれ『魔導器《ワンド》』を創起《キャスト》して構える。

（あれ？　そういやシルヴァーナの契約獣《サーヴァント》ってどこだ？）

今更《いまさら》ながらハヤテは彼女の契約獣《サーヴァント》の姿がどこにも見えないことに気がついた。

「来るのだ、ウンディーネ」

シルヴァーナは何もない宙に向けて告げる――いや、何もない……ではない。ただハヤテの目には見えなかっただけだ。

ゴポリ……ッ

まず聞こえたのは水音だった。

最初ハヤテはてっきり足元で流れる小川からその音が聞こえたのかと思ったが、違《ちが》う。

水音はシルヴァーナのすぐ後ろから聞こえたのだ。

彼女の声に応《こた》えて、空気中の水分が集まりひとつの形を成していく。

「アァ……」

できあがったのは美しい女性の水像だった。

あれがシルヴァーナの契約獣《サーヴァント》ウンディーネなのだろう。

「創起《キャスト》――『海王の三叉槍《ディオマーレトライデント》』」

主《あるじ》の命を受け、ウンディーネのお腹辺りに浮かぶ結印が輝《かがや》く。

そうして現れたのは穂先《ほさき》から柄《え》まで目も覚めるような蒼色《あおいろ》の槍《やり》だった。刃《は》の先端《せんたん》は三又《みつまた》に分かれ、柄には鱗《うろこ》のような紋様《もんよう》が浮かんでいる。

『魔導器《ワンド》』の槍を手にしたシルヴァーナはアリアの方を振《ふ》り向く。

「アリア。お前の機神は確か戦闘の記録を映像に残せるのだったな」

「はい。できますよ」

「ではお前は円陣《えんじん》の中心にいて魔獣の記録を撮《と》るのだ」

「分かりました」

アリアはさらりと頷《うなず》く。

「安心しろ。記録を撮る間、お前のことは私が護《まも》ってやるのだ」

自信たっぷりというよりは、当たり前のことのようにシルヴァーナは言った。さらに彼女はアリアへの指示を終えると、今度はハヤテたちに向けて口を開く。

「魔獣の気配はせいぜい数体なのだ。まずはひとり一体に当たれ。マズければ退け。尻拭《しりぬぐ》いは全て私に任せるのだ」

さすがの貫録《かんろく》とでも言うのか、シルヴァーナの発する空気は彼女の言葉に説得力を持たせるのに充分《じゅうぶん》だった。ハヤテには悪寒という形で感じる程度の魔獣の気配も、彼女にはおおよその数まで読み取れているようだ。

そして。

「六時、十時、十二時の方向！」

《監視網《ロールシャッハ》》で魔獣の接近を察知したシェリーが叫《さけ》んだ。

ハヤテの正面――十二時の方向から現れたのは歪《いびつ》な姿をした四足獣《しそくじゅう》だった。

「な、何だ⁉」

そいつの背中にはコウモリのような翼《つばさ》が三枚生えていた。右向きの翼が二枚に左向きの翼が一枚。右向き一枚は何に使うのか？　翼は骨と皮だけのようなのに、体の方は毛深くて異様に四肢《しし》が太い。頭は犬っぽいが、目には瞳《ひとみ》がなく全体が真っ赤に染まっている。

そんな恐《おそ》ろしげな姿形をした魔獣が三体。ハヤテめがけて突進《とっしん》してくる。

だがその異形を恐れてなどいられない。

「――――ッ！」

先手必勝。ハヤテは力強く地を蹴《け》って、一気に魔獣との距離《きょり》を詰《つ》めた。

「うおらぁッ！」

『レーヴァティン』の鋭《するど》い刃が振り抜《ぬ》かれる。

「ギヒャアア！」

鳥とも獣ともつかない不快な悲鳴とともに魔獣は一刀両断された。

(防御力《ぼうぎょ》はそんなに高くないか?)

ハヤテはそう分析《ぶんせき》する。

(だったら『レーヴァティン』でやれる!)

彼はみんなの助けに入ろうと振り返る――が、直後に目を疑うような光景が視界に飛び込んできた。

「ギキュギギ」

「!?」

たった今斬《き》り捨てたはずの魔獣が再生している……!

ふたつに分かれたはずの胴体《どうたい》が断面から互《たが》いに触手《しょくしゅ》のようなものを伸《の》ばし、そのまま結びついて結合する。そして、まるで斬られたことなどなかったかのように魔獣は復活した。

「クッ!」

ハヤテは慌《あわ》ててもう一度『レーヴァティン』で魔獣を斬り捨てる。

しかし、結果は同じだった。

「クソッ! なんなんだこの再生力は!?」

力そのものはたいしたことない。だがいくら斬っても再生するのは厄介極《やっかいきわ》まりなかった。

「このッ！　とっと失《う》せなさい！」

「ううぅ、どうしたらいいんですかー!?」

同じく戦っているビクトリアとキルルも再生魔獣に手こずっていた。

彼女たちの契約獣《サーヴァント》も果敢《かかん》に魔獣に立ち向かうが、やはり倒《たお》すには至っていない。

その時。

「ビクトリア。それでは全然ダメなのだ」

自然体で槍を構えたシルヴァーナが相変わらず抑揚《よくよう》のない声で言い放つ。

「っ!?」

姉のセリフにショックを受けた表情を浮《う》かべたビクトリアの攻撃《こうげき》の手が一瞬《いっしゅん》緩《ゆる》んだ。

「キギュリララ！」

その隙《すき》を突《つ》き、一体の魔獣が『蛇翼の鞭《ティルワーム》』をかいくぐってシルヴァーナに襲《おそ》いかかる。

「お姉様！」

「こういう手合いはこうやるのだ」

シルヴァーナは迫《せま》る魔獣の牙《きば》にも動じず『海王の三叉槍《ディオマーレトライデント》』の矛先《ほこさき》を持ち上げる。

「魔技聖母の水瓶《マギカアクエリアスケイジ》」

彼女の魔技《マギカ》の宣言により、矛先から水の球体が生まれた。

発生した水弾《すいだん》はまたたく間に酒樽《さかだる》ほどの大きさになり、彼女が穂先を魔獣へと向けると大砲《たいほう》の砲弾《ほうだん》のように勢いよく発射される。

「キギュリララ！」

シルヴァーナに飛びかかろうとした魔獣は水弾——聖母の水瓶《アクエリアスケイジ》に包まれた瞬間、完全にその動きを止めた。

「キギュ……リリリ！」

わずかに水の中から出た口元から苦しげな鳴き声が漏《も》れる。

どうやら聖母の水瓶《アクエリアスケイジ》は水弾で包んだ相手の動きを拘束《こうそく》する魔技《マギカ》のようだ。

動きを止めた魔獣に対し、シルヴァーナの動きは止まらない。

「魔技《マギカ》 水龍槍《アクアジャベリン》」

次は彼女の足元で流れる小川で変化が起きた。

たいした水量もなく申し訳程度の流れしかなかった小川に、突如《とつじょ》として大きなうねりが生まれ、巨大《きょだい》な矛先となる。それはまるで龍《りゅう》の顎《あぎと》のようだ。

「行くのだ」

シルヴァーナの手にした『魔導器《ワンド》』の動きに合わせて、巨大な水の槍も宙を奔《はし》る。

先は当然聖母の水瓶《アクエリアスケイジ》に囚《とら》われている魔獣だ。

「キギュッ！」

動きを封《ふう》じられていた魔獣《まじゅう》は何の抵抗《ていこう》もできずに水龍槍《アクアジャベリン》に呑《の》まれ、跡形《あとかた》も残らなかった。

「……そうかッ！」

再生するなら跡形もなくなるまで滅《ほろ》ぼせばいい。シンプルだがこの上なく有効な手段だ。

「『レーヴァティン』！」

ハヤテはあのキュクロプスにトドメを刺《さ》した時のことをイメージする。

彼の意思に応《こた》えて『レーヴァティン』の刃が赤熱し、超《ちょう》高温の炎《ほのお》の塊《かたまり》と化した。

「ウオオォォ‼」

裂帛《れっぱく》の気合いとともに、刃を通して滅殺《めっさつ》の炎を再生魔獣へと叩《たた》き込む。

そのまま魔獣の肉体をひと欠片《かけら》の灰も残さず燃やし尽《つ》くす！

「ギギギギ……」

狙い通り、魔獣は再生の足掛《あしが》かりとなる肉片すら残せずに完全に消滅《しょうめつ》した。

「よしっ！　次ッ！」

ハヤテはさらに残り二体の魔獣も『レーヴァティン』で消し去る。

十二時の方向から現れた魔獣を倒しきったハヤテは周りに加勢しようとするが、その時にはすでにシルヴァーナが他の魔獣を全《すべ》てやっつけていた。

『海王の三又槍《ディオマーレトライデント》』を魔力《まりょく》の粒子《りゅうし》へと戻《もど》したシルヴァーナがこちらを振り返る。

「そちらも終わったか」

「はい」

「ふむ……なかなかやるようなのだ」

「……?」

今のは褒《ほ》められたのだろうか? それにしては不満そうな表情に見えるが……いや、彼女はいつも仏頂面《ぶっちょうづら》なのだけれど。

「アリア。魔獣のデータは記録したか?」

「ええ。バッチリですよ」

「そうか。では今日の調査はこれまでにする。屋敷《やしき》に戻るのだ」

そうして、ハヤテにとって初のクエストとなる一日目が終了《しゅうりょう》した。

▽

「なあ、街に寄ってみないか?」

一日目の調査を終えて山から港町へ戻ってきて、馬車で街中をゆっくりと移動していた時、ハヤテはそんな提案をみんなに持ちかけた。

「ほら、今日の調査、案外早く終わってまだ陽《ひ》も高いし。この前は帰りが水着姿だったから寄れなかったし、ちょうどいい機会じゃないか？　キルルとも街で遊びたいって話してたしさ」

とか言って、実際はハヤテが一番街に行きたいのだ。すでにワクワクが止まらない。

特に反対もなくシルヴァーナの了承《りょうしょう》も得られたので、ハヤテたちは直接ヴェルデ邸《てい》へは戻らず街の中で馬車を降りた。

「私は先に戻っているのだ」

「分かりましたわ。お姉様」

シルヴァーナを乗せた馬車をその場で見送る。

「じゃあ行こうぜ」

そう言ってハヤテはみんなの先頭に立ち、街の散策を開始した。

馬車の窓から見た時もそうだが、プエルトは非常ににぎやかな街だった。船で異国からやってきたのか、学院都市アヴニールでは見ない衣装《いしょう》を身に纏《まと》った人ともよくすれ違《ちが》う。

市の開かれている通りに向かえば、そこはもう人も物も溢《あふ》れ返っていた。

「おお！」

見たこともない食べ物や何に使うのか見当もつかない不思議な道具、それに群がる人々の熱気にあてられてハヤテは感動の声を上げる。それすらも辺りの喧騒《けんそう》に呑まれ、街の賑《にぎ》わいの一部となっていった。

「いやあ、人が多いなあ！　おい、あの人が着てる服とか凄《すご》いな。刺繍《ししゅう》細けー」

「あれは西方の国で好まれる衣装だね。魔法も使わず、全て手縫《てぬ》いで仕上げるそうだよ」

「へぇー、そりゃまたとんでもなく凄いな」

さっきから凄い凄いとばかり言っているが、本当に凄いのだから仕方がない。

どうも自分は記憶喪失云々《きおくそうしつうんぬん》にかかわらず、元から好奇心《こうきしん》が旺盛《おうせい》な性格のようだ。

「なあ、アリアあれは？」

「うん？　ああ、あれは——」

ハヤテは商店に並べられている品物や通りゆく人々にあれこれ関心を示し、博識なアリアがそれに答えるというやり取りが何度もくり返された。

そうして市場通りで歩いていると、ふと服の端《はし》を誰《だれ》かに引っ張られる。

「りんご買ってください！」

「ん？」

視線を下げると、そこには十歳に満たないくらいの女の子が、にこにことりんごをこちらへ向かって差し出していた。

見れば手編みのかごにいくつもりんごを入れていて、どうやら市場で観光客相手に物売りをしている少女のようだ。名前は「サーヤ」というらしい。ハヤテたちの身なりを見て声をかけてきたみたいだ。

「りんごか。じゃあ、ひとつもらえるか？」

「はーい」

この前バイト代も入ったので軽い気持ちでハヤテは言うが、

「待ちなさい」

「あイテッ」

後ろからシェリーに頭を小突《こづ》かれ、買うのを止められる。

「何だよ？　いいだろりんごの一個くらい」

「買うなとは言わないわよ。でもその前にせめて商品を見るくらいはしなさい」

シェリーは学費を稼《かせ》ぐためにアルバイトをいくつも掛《か》け持ちしていたから、お嬢様《じょうさま》のわりに意外と世慣れしているというか、こういう時しっかりしているなあと思わされる。

彼女はサーヤからりんごを受け取り、傷《いた》みや傷がないかなどをチェックした。

「うん。状態はいいみたいね。新鮮《しんせん》だわ」

「そーだよ。さっきもいできたばっかりなんだから！　新鮮だよ！」

サーヤもイケそうだと思ったのか猛烈《もうれつ》な勢いでアピールしてくる。

とりあえずシェリーのお許しも出たので、ハヤテは改めてお金を払《はら》って少女からりんごを買った。

「ありがとね！　お兄ちゃん！　そっちのお姉さんたちもどう？」

「そうですわね。では、わたくしもひとつもらいましょうか」

「あたしも」

ほかにビクトリアとキルルもりんごを買い、たくさん売れたサーヤはにんまり笑顔《えがお》になる。

「まいど～！　また会ったら買ってね！」

笑顔で手を振《ふ》り、サーヤはまた新たなお客を求めて雑踏《ざっとう》の中へと紛《まぎ》れていった。

「さて、そろそろ屋敷の方に戻りましょうか」

「えぇぇ～」

「いい加減歩き疲《つか》れましたわ」

ハヤテは抗議《こうぎ》の声を上げたが、女性陣《じん》がみなビクトリアに賛同したので渋々《しぶしぶ》と頷《うなず》いた。

彼女たちのあとに続いてハヤテは市場から離《はな》れ始める。

「うぅ……」

なおも後ろ髪《がみ》引かれる思いだったハヤテは、列の一番後ろをとぼとぼと歩いていたのだが——ふと何かを感じて背後を振り返った。

「……んん？」

（何だろう？　今視線を感じたような……）

サーヤが何か忘れ物をして戻ってきたのかと思ったが、りんご売りの少女の姿はどこにも見当たらない。それ以外はそもそも道に人が多すぎて、その内の誰かがこちらを見ていたとしても見分けがつかなかっただろう。

「……？」

「ハヤテ！」

多少気になりもしたが、先を歩くシェリーに名前を呼ばれたため、ハヤテは特に確かめることなくその場をあとにした。

▽

その日の夜。夕食を終えたハヤテはシルヴァーナから露天風呂《ろてんぶろ》に入るのを勧《すす》められた。

「でも露天風呂って一ヶ所しかないんじゃないですか？」

メイドたちはともかくとして、ヴェルデ家の住人が使う風呂に部外者の、それも男がひとりで入るのはさすがに気が咎《とが》める。

「露天風呂は我が家の自慢《じまん》のひとつなのだ。大事な客人には必ず勧めている。時間を分けて、男女別に入ってもらえば問題ないのだ」

そういうことなら、とハヤテは頷いた。

それに遠慮《えんりよ》はしたものの、やはり一度は入ってみたいという気持ちもある。

「〰〰♪」

というわけで、ハヤテはメイド長に告げられた入浴時間まで部屋で待ち、時間が来ると多少浮《う》かれた気分で露天風呂へとやってきた。

まずは体をざっと洗って汚《よご》れを落としてから、岩を組み合わせて作られた湯船へ。

「ふぅぅ〰〰」

脳天へ突《つ》き抜《ぬ》ける心地《ここち》よい湯の刺激《しげき》に猛烈な安堵《あんど》感を覚える。

昨日海から帰ったあとに入った風呂も夕食後の大浴場もよかったが、露天風呂というのはまた格別の味わいだった。シルヴァーナが勧めたのも頷ける。

湯船に溶《と》けてしまいそうなくらいリラックスしながら、ハヤテは脚《あし》を投げ出すように体をさらに沈《しず》めた。

その時、ガラガラとドアがスライドする音が……。

（またシェリーか!?）

弛緩《しかん》していた体がまたたく間に緊張《きんちょう》状態になる。

緊張状態というか臨戦態勢というか……。

現在ハヤテはあご先が浸《つ》かるくらい湯に体を沈めていることもあり、湯気と岩陰《いわかげ》が目隠《めかく》しになって入り口から頭が見えない状態だ。

だから今入ってきた人間からはハヤテの姿は見えないはずなのだが、そもそもこの時間は彼の入浴時間にしてあるとメイド長が言っていたのだから、それを知らない人間が屋敷内にいるとはまず思えない。

つまり相手はハヤテが露天風呂にいると知った上で入ってきたということで……

（絶対シェリーだな）

やっぱり同じ結論に至る。なにしろ前科があるし。

だが犯人がほぼ確定したとはいえ、このあとの対応をどうすべきか？

水音からして相手はハヤテのすぐ傍《そば》で桶《おけ》を使ってかけ湯をしているようだ。チラ見する腕《うで》の細さからしてやはり少女のそれだ。かけ湯が終わればそのまま入ってくるのだろう。

どうする……どうする!?

………………いや、そもそも昨日といい今日といい、毎度やられっぱなしでいいのか？

たまには俺もやるってところを見せる必要があるんじゃないか……そう、男として！

彼女はまだこちらの居場所には気づいていないはずなのだから、不意打ちのチャンスだ！

（今度はこっちが驚《おどろ》かせてやる！）

と、若干茹《じゃっかんゆ》だった脳みそでハヤテは考えた。

――少し頭を冷やせばこの上なくアホな判断だったと後悔《こうかい》していただろう。

とはいえ、この場で彼に冷水をブッかけてくれる存在はいない。

ゆえに彼は止まらなかった。

「どりゃあ！」

「!?」

ハヤテは勢いよく立ち上がる。

で、停止。

「「……」」

岩陰から突然《とつぜん》現れたハヤテに驚いて固まっていたのはシェリーではなかった。

というかビクトリアだった。

全裸《ぜんら》だった。

「ななな何でお前がここにいるんだよ!?」

「そそそれはわたくしのセリフですわ⁉」

お互《たが》いに予想外の事態にひたすら混乱する。

「おっ俺はメイド長にこの時間だって聞いてきたんだ！」

「そんな言い訳！　わたくしだってメイド長に……！」

そこでビクトリアは何かハッと気づいた表情になる。

一方、予想をはずしたハヤテはただひたすら焦《あせ》って……ついでに自分が何も隠《かく》していないことに気づき、

「よよく分からないがスマン！　いえ、スミマセンデシター！　つーわけでさいなら！」

とにかく勢いで誤魔化《ごまか》して、彼は風呂から出ていこうとする。

しかし――その手をビクトリアが摑《つか》んだ。

（誤魔化しきれなかったか⁉）

どんな折檻《せっかん》をされるのかとハヤテは覚悟《かくご》を決めて目を瞑《つぶ》る。

だが、さらなる混乱が彼を襲《おそ》った。

「べ……別に出ていく必要はありませんわ」

「⁉　⁉　⁉」

(出ていかなくていい……だと……？)

まさかそんなことを言われると思っていなかったハヤテは目を開いて白黒させる。

こちらの手を握《にぎ》るビクトリアはタオル一枚で体を隠し——いや、全然隠しきれていないのだが——頬《ほお》を赤らめながら少しそっぽを向いている。その表情は怒《おこ》っているというよりは、単に恥《は》ずかしがっているものだった。

「ほ、ほら、湯船にお戻《もど》りなさいな」

ビクトリアはそう言ってハヤテを湯船の中へと押しやり、自分は……やや躊躇《ためら》ったあと彼と背中合わせになる位置に小さな水音を立てて腰《こし》を下ろした。

「……」

「……」

沈黙《ちんもく》が湯船に満ちる。

ぴしゃんぴしゃんと水滴《すいてき》が落ちる音だけが響《ひび》き、そんな中で十センチと離れていない両者は何を言っていいのか分からず、ただひたすら黙《だま》り続けた。

(ビクトリアの奴《やつ》どういうつもりなんだ……？　昨日の海でもそうだけど、こっちに来てからさらに行動が過激になったような……)

おまけに未《いま》だ以《も》って彼女の行動動機が意味不明だ。

いったい何のつもりでこんなことをしているのかさっぱり分からない。

「ビクトリア……どういうつもりなんだよ？」

「うっ、うるさいですわ！　黙って入りなさい！」

どうやら答える気はないようだ。

ハヤテはため息をつく。

（声上擦《うわず》ってんぞ……）

「……」

チラリと背中越《ご》しに相手の顔を窺《うかが》えば、それはもう見事なまでのゆでダコと化していた。

正直好きこのんでこんなことをしているようには見えないのだが……

その時、緊張に耐《た》えかねたようにビクトリアが叫《さけ》ぶ。

「せっ、背中！」

「はい？」

「だから背中ですわ背中！　せせ背中を流して差し上げますわ」

相変わらずどもりながらも彼女はそう宣言する。

「え？　いや、体なら入る前にいちおう洗って……」

「問答無用ですわ！　いいからわたくしの言う通りになさい！」

ビクトリアは強引《ごういん》にハヤテを立たせると、そのまま洗い場の方まで引っ張っていく。当然彼女が先導する形になるので、その形のいいお尻《しり》が目の前でぷるんぷるんと揺《ゆ》れた。

木でできた椅子《いす》に座らされ、彼女は薬液の入った容器を持って彼の背後に回る。

完全に流されている感があるものの、この状況《じょうきょう》をどう打開したらいいのかまるで見当がつかず、ハヤテは椅子に座ったままおとなしくしていた。

（……あれ？　そういやビクトリア、スポンジ持ってなかったような……？）

そこに思い当たり、どうするつもりなのかと思った時——何かとんでもなくやわらかくて大きなものがふたつ、ハヤテの背中に押しつけられる。

「いィ⁉」

「う、動かないでくださいまし」

「いや、だって、お前」

泡《あわ》と一緒《いっしょ》にむにょむにょと背中を滑《すべ》るこれは……どう考えても……！

ある意味で昨日のシェリーとは逆の状況に追い込まれたハヤテは全身を硬直《こうちょく》させた。体とともに思考も停止し、考えることができなくなってしまう。

その間も、ビクトリアにされるがまま……彼女のおっぱいスポンジに体を洗われ続け、ますます動けなくなる。

ここは露天風呂《ろてんぶろ》なので湯から出ると外気に晒《さら》され、段々と体が冷えていくはずなのだが今は緊張と背中から伝わる感触《かんしょく》のせいで全身が火照《ほて》るばかりだ。

（や、やわっけぇ。どうなってんだこれ？　シェリーの胸も凄《すご》かったけど、手で揉《も》むのと背中に擦《こす》りつけられるのじゃまた違《ちが》う感触が……！）

やがてビクトリアの動きがピタッと止まる。

背中が終わったのだ。

つまり……。

「じゃ、じゃあ次は前を……」

「いやいやいやいや！　それはマズい！　さすがに前はマズい！」

昨日の自分はシェリーの前まで洗ったクセにと頭の中でツッコミが入るが……いやいやいくらなんでもそこまでさせられない！

それに。

「こんなところシェリーに見つかったら殺される！」

「……！」

――シェリーの名前を出された瞬間《しゅんかん》、ビクトリアの表情が微《かす》かに歪《ゆが》んだ。

だが背中を向けているハヤテは気づかない。

「と、とにかく俺はもう上がるからな！　じゃ、じゃあ」

彼女が動きを止めた一瞬の隙《すき》を突《つ》き、ハヤテは急いで露天風呂から立ち去ろうとする。

だが……慌《あわ》てて立ち上がった彼は足元の石鹸《せっけん》に気づかず、つるんっ、とそれを踏《ふ》んでしまった。

「おわっ⁉」

ゴチ――――ィン
盛大《せいだい》な音を響かせて、ハヤテはそのまま気絶した。

▽

（う……ぐ……）

半覚醒《かくせい》状態でハヤテは目を覚ました。

（ここ、どこだ……？　ベッドの上……？）

背中から伝わる感触はベッドそのものだが、この体の上にのしかかるほのかに温かくてやわらかい重量感はいったい……

「お……姉様……どうすれば……」

「それは……こうやるのだ……」

「……ん」

まだ意識がハッキリとしないハヤテの耳朶《じだ》にそんな会話が聞こえてくる。

（何、だ……？）

なんか妙《みょう》に気持ちいい気がする。

ハヤテは目を開け――視界いっぱいに全裸のシルヴァーナが飛び込んできて、意識を一気に覚醒させた。

「んなッ!?」

「……」

声を上げたハヤテを見て、彼が目を覚ましたことに彼女は気づいたようだが特に何も言わなかった。布一枚身に着けていない裸身《らしん》を隠そうともしない。

「……！」

しかもふと気づけばシルヴァーナの少し後ろには、中途半端《ちゅうとはんぱ》に衣服を脱《ぬ》いだ半裸《はんら》状態のビクトリアが真っ赤な顔でベッドの上に女の子座りしていた。こちらはちゃんと腕で胸を隠している。全然隠れていないが。

挙句の果てに、ハヤテは今自分がタオル一枚腰に巻いただけのかなりヒドい格好であることにも気づいてしまった。

「何だ⁉　どういうことなんだこの状況⁉」

混乱しきった頭でハヤテはほとんど悲鳴に近い声を上げる。

「お前が風呂場で気絶したと聞いて、メイド長に離《はな》れまで運ばせたのだ」

「それはありがとうございますだけど、それと今の状況がどうつながるんだよ⁉」

石鹸で滑って転んで気絶とは我ながら間《ま》抜《ぬ》けだと思うが、どうしてそこからベッドの上で美人姉妹《しまい》に囲まれる状況になるのかさっぱり分からない。

「時にハヤテ」

こちらの質問を完全に無視して、シルヴァーナが逆に質問してくる。

「お前の体は健康か？」

「え？　いや、あのどういう……？」

質問の意図が分からずハヤテが尋《たず》ね返す。

「子を成すのに支障はないかと訊《き》いている」

シルヴァーナはとんでもない返答をしてきた。

当然、ハヤテはその言葉の意味するところを悟《さと》ってビックリする。

「子供⁉　いや、いきなり何を言ってんですか⁉」

「質問に答えろ。健康に問題はないのか？」

「え、だから……いや、体は健康だと思いますけど」

「ならばよし。続けるぞ」

「続けんなああああああ！」

裸《はだか》のままのしかかろうとしてきたシルヴァーナを必死に押し留《とど》める。

「何を赤くなっている、色情魔《しきじょうま》め」

「誰《だれ》のせいだ⁉」

「私はただの手伝いだ。お前はビクトリアに欲情しろ」

「は、はあ？」

手伝い？　欲情？　もう本当に意味が分からない。

ハヤテは助けを求めるようにビクトリアに視線を送るが、彼女は真っ赤になって俯《うつむ》いたままだ。

「ビクトリア。こっちへ来い」

「……はい」

シルヴァーナに呼ばれ、ビクトリアはゆっくりとこちらへ近づいてくる。

その時にずるずると服が乱れ、いよいよ彼女もほぼ裸の状態になってしまう。

「いやいやだからちょっと待ってくれええええ！」

美人姉妹の裸身に挟《はさ》まれ、ハヤテはあとずさろうとするがベッドの上ではそれも上手《うま》くいかない。

ふたりは四つん這《ば》いになってハヤテを両脇《りょうわき》から追い詰《つ》める。その凶器《きょうき》のような四つの膨《ふく》らみがぎゅうぎゅうと潰《つぶ》れ、非常に艶《なま》めかしい光景が眼前に広がった。

「ハヤテさん……」

いつものビクトリアからは考えられないような濡《ぬ》れた声と顔で迫《せま》られ、ハヤテはゴクリと生唾《なまつば》を呑《の》み込む。

(ホントどうなってんだ⁉　ビクトリアの様子がおかしいおかしいと思ってたけど、何でそこにシルヴァーナまで絡《から》んでくる⁉)

いや……逆か？

ハヤテは昨日盗《ぬす》み聞きしたシルヴァーナとメイド長の話を思い出す。

あの時話していたのがこれのことだとしたら……全《すべ》ての原因はビクトリアではなくシルヴァーナの方？

彼が考え事をしている間にもビクトリアは迫ってくる。

「ハヤテさん」

潤《うる》んだ瞳《ひとみ》、上気した頰《ほお》。

濡れた唇《くちびる》。

切ない吐息《といき》。

「い――」

そして、唇と唇が触《ふ》れそうになった時――ハヤテの中で何かが切れた。

「――いい加減にしろおおおおおお!!」

ガバアッと上半身をはね上げて、ビクトリアとシルヴァーナを振《ふ》り落とす。

ベッドが大きかったのでふたりとも端《はし》から落ちるなどということはなかったが、ひとまずハヤテとの間に距離《きょり》は生まれた。

「いきなり子作りがどうとか、いったい何なんだよ!?　いくら何でもこんなわけの分からない状況にいつまでもつき合ってられるか!」

ハヤテは怒鳴《どな》り、強引にふたりを押しのけてベッドから降りる。降りて振り返り、目を逸《そ》らしているビクトリアの名を呼ぶ。

「ビクトリア!」

「ッ!」

「なあ、どうしてこんなことするんだよ?　試験で一緒に戦ってから、こう……なんか、少しは仲よくなれたのかと思ってたのによ」

絵面《えづら》だけ見ればこれも相当〝仲のいい〟状況なのだが、ちょっと意味が異なる。

「……これは、家の決定なんです」

「家の決定？」

「はい……」

ついに堪《こら》えきれなくなったのか、ビクトリアは泣きそうな声で全てを語った。

彼女の言う「家の決定」とはつまり、ヴェルデ家とそれに連なる親族・族長会議における決定、そしてそこから派生する指示・命令のことを指すらしい。

数週間前に学院を訪《おとず》れた姉にしてヴェルデ家当主シルヴァーナから、ビクトリアが受けた命令は次の通りだと言う。

『男でありながら『魔導器《ワンド》』を持つハヤテ・ミツルギの子胤《こだね》を手に入れろ』

「……は？」

「要は、わたくしにあなたを誘惑《ゆうわく》して子を産めという話ですわ」

間の抜《ぬ》けた声を漏《も》らすハヤテにビクトリアは淡々《たんたん》と説明する。

元々貴族はその血を薄《うす》めないために貴族同士でしか結婚《けっこん》をしてこなかった。それは一族の体内魔力《まりょく》保有量を高めて、より強力な契約獣《サーヴァント》と契約《けいやく》して強い魔女騎士《ヘクセンリッター》を産むためである。

この時ネックになるのが、基本的に男は誰も魔力を持っていないという点だ。要するに結婚する男自身が持つ『資質』を見極《みきわ》める材料は家格に頼《たよ》らざるを得なかったのだ。

しかし、そこへハヤテという、男でありながら『魔導器《ワンド》』――正確には『魔神器《ゼーレ》』――を扱《あつか》える男が現れた。

世間一般《いっぱん》の魔力を持たない男性の魔女騎士《ヘクセンリッター》としての素質をゼロとするならば、ハヤテの素質はどれほどであろうか？　少なくとも、ゼロよりは大きいだろう。そんな彼と子供を作ったらどうなるか？

あるいはとんでもない才能を持った魔女騎士《ヘクセンリッター》が誕生するかもしれない。

「ですが、必ずよい結果が出るとは限りません。あくまでイレギュラー。あるいはとんでもないことが起きる可能性もあります……ですから、当主であるお姉様より先にまず才能に劣《おと》るわたくしから試《ため》そうと……」

「……何だそれ」

淡々と話し続けるビクトリアに対し、ハヤテは怒《いか》りの滲《にじ》んだ呟《つぶや》きを漏らす。

その怒りの矛先《ほこさき》は彼女ではない……その隣《となり》で、相変わらず仏頂面《ぶっちょうづら》のまま黙《だま》り込んでいるシルヴァーナに対してだ。

「もちろん、あのタッグ試験もあなたの実力を見るための舞台《ぶたい》でしたわ。そしてこのクエストはあなたをこの家に招いてことを成すため……」

「何でそんな命令に、ビクトリアは従ったんだよ」

「…………家の決定ですもの。従うのは当然ですわ」

何だよそれ、とハヤテは苦りきった顔で吐《は》き捨てた。

彼女にも、姉のシルヴァーナにも言いたいことはいろいろあったが、今は頭がごちゃ混ぜになっていて上手く言葉にできなかった。

「……出てってくれ」

ただそれだけ、ハヤテはふたりに告げた。

「……」

これ以上の無理押しはできないと判断したのか、シルヴァーナはビクトリアを立たせて服を着せ、離れの部屋から出て行った。

第五章　つながる想《おも》い

クエスト二日目。

前夜に何があったとしても朝は来るし、顔を合わせたくなくても依頼《いらい》がある以上は顔を合わせなければならない。

「「……」」

そういうわけで行きの馬車の中の雰囲気《ふんいき》はわりと最悪だった。

ハヤテからすれば特に許せないのはシルヴァーナであり、それは態度に如実《にょじつ》に表れていたと言っていい。

またビクトリアに対する怒りは薄い一方で、あんなことがあったあとで彼女に対してどういう態度を取ればいいのかが分からず、こちらとも微妙《びみょう》な空気が流れていた。

「ハヤテ君。何かあったのかい？」

「いや……」

「でも、なんだか、そのう……」

「何でもないって」

アリアとキルルにも心配されたが、誤魔化《ごまか》すことしかできなかった。

「……」

シェリーも何か言いたそうにしていたが、結局無言のままだった。それもまた気遣《きづか》いの形のひとつだろう。

やがて馬車は目的地に到着《とうちゃく》し、昨日と同じくハヤテたちを降ろして去っていく。

「今日は昨日とは別のルートで谷を調査するのだ。あの合成獣《キメラ》の巣を発見するのが目標となる」

複数の獣《けもの》を組み合わせたような外見から合成獣《キメラ》と名付けられた例の再生魔獣《まじゅう》は、おそらくこの谷のどこかに巣を構えていると推察された。

通常、魔獣は発生すると同時に無差別に人を襲《おそ》うのだが、稀《まれ》に拠点《きょてん》を持って計画的に人を襲う場合がある。そういった行動を取る魔獣は総じて知能が高いものが多い。

「では行くのだ」

今日は山の斜面《しゃめん》にできた洞穴《ほらあな》や洞窟《どうくつ》を中心に捜査《そうさ》する予定となっている。シルヴァーナによればこの山には地下深くまで続く洞窟が多いらしい。その奥に巣がある可能性は高い。

まずハヤテたちは比較的《ひかくてき》底の浅い洞穴をひとつひとつ見て回った。

「にしても、本当に魔獣が巣なんて作るのか？　今まで聞いた話の印象だと、あいつらって本能だけで人を襲ってるって感じだったんだけど」

洞穴をひとつずつ確かめて回りながら、ハヤテはアリアに尋《たず》ねる。

「それはケースバイケースだね。まさに本能の赴《おもむ》くまま人を襲う魔獣もいる。だけど今回の場合は目撃《もくげき》情報が何度もあったことから考えても、あのキメラたちはかなりの長期にわたってこの山を拠点にしているのは間違《まちが》いない。もっとも見た目が違いすぎて、昨日の魔獣が全て同一個体なのかどうかという点については若干の疑問が残るけどね」

「確かに再生能力は全員高かったけど、見た目だけじゃ同じ魔物って気がしなかったな」

魔獣というのは発生原因すら分からない謎《なぞ》の多い生き物だが、同種でありながらあそこまで個体ごとに姿形の違う魔獣が報告された例はないらしい。

それにもう一点気になることがあるとアリアは言う……

「人の足でも歩いて行ける距離に街があって、山の中にも山道が通っているのに、キメラの犠牲《ぎせい》になった人の話が出てないのは変かもね……ただ、何か奇妙《きみょう》な意図を感じるけど……ハッキリとは分からないや」

さすがに情報が乏《とぼ》しくて、最後は彼女も言葉を濁《にご》した。

もちろん、その疑念についてアリアはシルヴァーナに報告している……だが、この通り魔獣の調査は続行されることとなった。

（それはたぶん俺のせいだよな……）

クエストの期限いっぱいまでハヤテを屋敷《やしき》に押し留《とど》め、次のチャンスを狙《ねら》おうというヴェルデ家の思惑《おもわく》が絡《から》んでいるのは間違いないだろう。

とはいえ、昨日のこともあるし、今のビクトリアにこれ以上ハヤテを誘惑するのは難しい気がする。少なくとも彼女の意思で積極的には。

となると警戒《けいかい》すべきはシルヴァーナなのだが……。

「……」

今チラッと顔色を窺《うかが》っても、相変わらずの仏頂面で何を考えているかまるで分からない……どうにも対応に困る。

（だけど当主っていうくらいだし、「家の決定」ってのはシルヴァーナの決定ってことだよな……じゃあやっぱり、あの人がビクトリアにあんなことをさせたってことで）

それは素直《すなお》に許せないと思う。

「では次はこの洞窟を調べるのだ」

ひと通り周囲の洞穴を調べ終わった一行は、シルヴァーナの指示でやや深い洞窟の中へと足を踏《ふ》み入れた。

「意外と明るい？」

「光を発する植物が群生しているようね」

言われてみれば洞窟の壁《かべ》や天井《てんじょう》に薄《うっす》らぼんやりと光を放つものがくっついている。あれのおかげで光源が確保されているようだ。

光を頼りに洞窟内を見渡《みわた》すと、どうもここは人工的に掘《ほ》られたものではなく天然物の洞窟らしい。そのため道らしい道があるわけではなく、雨水などで削《けず》られたデコボコの地面を踏み締《し》めながら歩いていくことになる。

「段差があるな。シェリー、手を」

「あら、ありがと」

「キルルとアリアも」

「ありがとうございます」

「ありがとう」

ハヤテは先に下に下りて三人の少女たちに手を貸す。

「ビクトリア」

「はい……お姉様」

隣ではシルヴァーナとビクトリアも同じことをしていたが、姉妹《しまい》のやり取りはどこかぎこちない。

そのまま小一時間ほど洞窟の中を進んだ。

洞窟の中にはコケを踏んだ跡《あと》などから、獣か何かが出入りしている様子は窺えたが、それがキメラなのかまでは判断できなかった。

「いったんここで休憩《きゅうけい》を取るのだ」

シルヴァーナの号令でハヤテたちは歩くのを止め、各自腰《こし》を下ろすなどして足を休めた。

「結構広いなここ。学院の講堂みたいだ」

「そうね。そこの穴なんか落ちたら死んじゃいそう」

シェリーが指差した広場の真ん中には、確かにかなり巨大《きょだい》な穴が開いている。ひょいっと覗《のぞ》き込んでみたが、底は真っ暗で何も見えなかった。相当な深さだ。

その時ふとハヤテは広場の端《はし》でぽつんと座るビクトリアの姿を見つける。

「……ワリィ、シェリー。ちょっとビクトリアのところ行ってくる」

「ふうん。そんなにビクトリアさんのことが気になるの？」

「あーいや、変な意味じゃなくてだな……」

ハヤテは言葉を探して口ごもる。

ここでビクトリアのことを気にかけるのはただのお節介《せっかい》かもしれない。むしろヴェルデ家に狙われている立場なのだから、彼女からは距離《きより》を取るべきなのかもしれない。

だが……しかし……。

（あんな状態のビクトリアを放《ほう》っておけるかよ）

理屈《りくつ》はなくとも、心の底から湧《わ》き上がる衝動《しょうどう》じみた感情が、ハヤテの足をビクトリアの方へと向けさせる。それは何と言うか、どうしようもないことなのだ。

説明不能の気持ちをどう言って納得《なっとく》してもらおうかと頭を悩《なや》ませていると……不意に、シェリーの方からため息をつかれた。

「まあいいわ。行きなさい」

「いいのか？」

詳《くわ》しくは話していないが、ハヤテとビクトリア・シルヴァーナの間に何かあったのは彼女も察しているだろう。どうしてそれでも行くことを許してくれるのか？

「今ここであなたが行くのを止めるのは、私が好きになったあなたを否定することになるからね」

「……！」

かつてハヤテは今と同じように、体の内側から溢《あふ》れる衝動に突《つ》き動かされてシェリーを助けたことがある。

「ワリィな」

「いいわよ。惚《ほ》れた弱味だから」

「～～～」

なんだか聞いてるこっちが赤面するようなセリフを言われた気がする。

半分その恥《は》ずかしさから逃《に》げるように、ハヤテはビクトリアのいるところへ向かった。

「よお」

「……」

返事がない。

まあ気にせず隣《となり》に座る。

そのまましばらく沈黙《ちんもく》が続いたが、やがてビクトリアの方が折れた。

「……何の用ですの?」

そうぶっきらぼうに尋ねてくる。

ハヤテは一瞬遠回しな話題から徐々《じょじょ》に訊《き》いていくべきか迷ったが、結局ストレートに昨夜の話から始めることにした。

「何であんなメチャクチャな命令を受けたんだ?」

「それは……家の決定だからですわ」

「でも俺の知ってるビクトリアなら、あんなこと言われたら突っぱねそうなもんだけどな？　顔を真っ赤にして鞭《むち》をブンブン振《ふ》り回してキィィーッて」

「あっ、あなたの中でわたくしはどういうキャラクターなんですの⁉」

わざと大仰《おおぎょう》な身振《みぶ》りで話すハヤテに、ビクトリアはついといった感じで大声を上げる。

それからハッとして彼女は視線を下に向けるが……やがてぽつりぽつりと話し始めた。

「わたくしは、お姉様を失望させたくないのです」

「お姉さんを？」

「ええ……お姉様は本当にヴェルデ家の名に相応《ふさわ》しい方ですわ。強く、聡明《そうめい》で、自分に厳しく、自分の背負う責任から決して逃げない。ヴェルデ家の当主となる前は国の騎士《きし》団にも所属していらして、多くの魔獣を討《う》ち、時には自身を盾《たて》として人々を護《まも》ってこられましたわ。それに比べてわたくしは……」

学院では優秀《ゆうしゅう》な生徒であり人気者でもあるビクトリアに、こんなコンプレックスがあったとは知らなかった。

それだけ彼女にとって姉のシルヴァーナは大きな存在なのだろう。

「いくら頑張《がんば》ってもわたくしはお姉様に勝てるところがひとつもありませんわ。……だからわたくしはせめて強くなりたいと思いましたの。強くなって、お姉様でも成し遂《と》げられなかった『魔宴《ヴアルプルギス》』の制覇《せいは》を成し遂げたかったのです」

「……お姉さんに勝ちたかったのか？」

「違いますわ——」

ハヤテの言葉を否定して、ビクトリアはほんの少しだけ悲しそうな笑《え》みを浮《う》かべて、

「——お姉様の顔を正面から堂々と見たかったのです。わたくしはあなたの妹だと胸を張りたかった……お姉様はわたくしの憧《あこが》れだから」

ビクトリアは洞窟《どうくつ》の天井を仰《あお》ぐ。

「でも、やっぱりお姉様からすればわたくしなんて取るに足らない存在なのですわね」

「……そんなことは」

「でなかったらあんな命令をわたくしにするはずないでしょう……？」

「……」

「この前の試験で実力を見せれば、もしかしたらあのお話を取り下げてくださるかと思ったのですが、そんなこともありませんでしたしね」

憧れてる姉を失望させたくないから、姉の命令を成し遂げたい……けれど、憧れている姉にそんな命令をされて、深く深く傷ついた気持ち……そんな相反するものを同時に抱《かか》えながら、ビクトリアはこれまで行動していたのか。

最近続いた彼女の奇妙な行動の理由について、ようやく合点《がてん》がいった。

「……ッ」

やはり許せないのはシルヴァーナだ。

ビクトリアはこんなにも姉を慕《した》っているのに、これが妹に対する仕打ちだろうか？

ハヤテは立ち上がり、シルヴァーナにこれ以上ビクトリアに無理を強《し》いるのはやめろと言おうとした――が、その時。

ピリッ
「⁉」

（この悪寒《おかん》は！）

ハヤテは咄嗟《とっさ》に洞窟の奥へと目を向ける。

そちらにはあまり光を発する植物がないためか、暗かった。

「ギャギャギャギャギャギャ！」

その闇《やみ》の中から、大量のキメラが現れる。

「全員集まれ！」

「クッ！」

たとえ思うところがあったとしても、今このチームのリーダーはシルヴァーナだ。シェリーも護らなければいけないし、ハヤテは彼女の指示に従って一ヶ所に固まった。

「ッ！　この前のよりデカい！」

敵はやたらデカい鳥と両腕《りょううで》が棘《とげ》だらけの猿《さる》のキメラだった。

鳥のキメラのくちばしは「一」ではなく「十」字に裂《さ》けるように広がり、そこには鋭《するど》い牙《きば》がズラッと並んでいる。猿のキメラは体の頭側と尻尾《しっぽ》側に顔面があり、こちらもグロテスクな外見だ。

（どんだけデタラメな生き物なんだよ魔獣《まじゅう》って！　こいつらホントに同一種族なのか？てか見た目が怖《こわ》すぎる！）

見てるだけで食欲が失《う》せてきそうだ。

だが……外見のグロテスクさはともかくとして、あくまで敵として見た場合、キメラたちはハヤテとシルヴァーナにとってたいした敵ではなかった。

「焔《ほのお》よ！」

「魔技《マギカ》　水龍槍《アクアジャベリン》」

ふたりの一撃《いちげき》は確実にキメラたちを消滅《しょうめつ》させ、奴《やつ》らに再生を赦《ゆる》さない。

厄介《やっかい》な点があるとすれば再生力より敵の数だ。いくら倒《たお》しても洞窟の奥からぞろぞろと現れる。

「クソッ！　ここがあいつらの巣だったのか！」

「一発目で当てるなんて運がいいんだか悪いんだかといった感じね」

がなるハヤテにシェリーが軽口を返す。

優勢とは言い難《がた》かったが、やはり『魔神器《ゼーレ》』を持つハヤテと、『ブリュンヒルデ杯《はい》』出場経験のあるシルヴァーナの実力が大きく、決して劣勢《れっせい》にはならなかった。

終わりがなかなか見えないが、このまま数を減らし続ければいずれ倒せるはず……

ガガガガッ！

ガガガガッ！

ふとハヤテの耳に戦闘《せんとう》音とは何か違《ちが》う異音が聞こえてくる。

「？」

何かと思い、ハヤテは視線を巡《めぐ》らせて異音の正体を探《さぐ》った。

すると。

猿のキメラがその剛腕《ごうわん》を振るって、洞窟の地面を砕《くだ》いていた。

「ギャギャギャギャギャギャ！」

それはもはや砕くというより掘《ほ》るといった感じで、さっきから聞こえていたのは岩を削《けず》る掘削《くっさく》音だったのだ。

「⁉」

そこでハヤテはいつの間にか、自分たちが広場の中央に開いた大穴を背にしていることに気がつく。

もし彼らの立つ足場が切り崩《くず》されたら――

「焔……」

「魔技《マギカ》……」

――キメラたちの意図に気づいたハヤテとシルヴァーナが同時に動く。

が、それよりも敵の方が一瞬速かった。

ガコンッ‼

足場が崩れ落ちる。

「ハヤテさん！」

「ハヤテ君！」

不幸中の幸いとでも言うべきなのか、キルルとアリアは崩落《ほうらく》の範囲《はんい》からかろうじてはずれていた。

巻き込まれたのはハヤテとシェリー、ビクトリアとシルヴァーナの四人。

（シェリーだけでも……！）

ハヤテは強引《ごういん》にシェリーの腕《うで》を摑《つか》み、キルルとアリアのいる方へと放《ほう》り出す。

同様にシルヴァーナもまた、ビクトリアを崩れていない地面に向かって突き飛ばしていた。

そうしてふたりは助かったが、ふたりは完全に脱出《だっしゅつ》の機会を逸《いっ》する。

「ハヤテ！」

「お姉様！」

遠ざかるシェリーとビクトリアの声を聞きながら、ハヤテは崩落した地面とともに穴の底へと落ちていった。

▽

「……ん？」

「気がついたか」

「おわっ！」

突然《とつぜん》声をかけられ、ハヤテの意識は急速に覚醒《かくせい》する。

丁寧《ていねい》に地面に横たえられていた体をガバッと起こすと、すぐ傍《そば》にシルヴァーナが座っていた。

「ここは？」

「穴の底なのだ」

そう言うシルヴァーナの周りにはウンディーネと、その契約獣《サーヴァント》が生み出す白い灯火《ともしび》のような光が浮かんでいた。おそらく契約獣《サーヴァント》自身の能力か魔法《まほう》なのだろう。

その明かりを頼《たよ》りに上を見上げるが、闇に呑《の》まれて天井《てんじょう》すら見えない。

「……こんな高さから落ちてどうやって助かったんだ？」

「私が水のクッションを作って助けた」

言われてみれば服がだいぶ濡《ぬ》れている。

ついでに自分の状態を確かめてみるが、特に体に異常は見当たらない。『レーヴァティン』も手許《てもと》にあり、これはかなりありがたかった。ハヤテの身体能力はこの『魔神器《ゼーレ》』から流れ込む力あってのものだからだ。

「念のため訊《き》くが、ハヤテは上へ登るのに利用できそうな技《わざ》か何かを持っているか？」

「いや……そういうアンタこそ、《飛　翔《フリーゲンウオーク》》とかその辺の魔法は使えないのかよ？」

「生憎《あいにく》と魔法は不得手なのだ」

魔女騎士《ヘクセンリッター》は基本魔法を軽視しがちというのは本当のようだ。

「……どっか登れる道を探すしかないか」

ハヤテはため息をついて立ち上がる。

「うむ。ビクトリアのことも心配なのだ。急ぐぞ」

「……」

ふたりきりというのは正直あまり歓迎《かんげい》したくないが、状況《じょうきょう》が状況なのでハヤテはシルヴァーナに従って歩き出す。

穴の底は例の光る植物が生えていないためかなり暗く、道もいくつか枝分かれしていて複雑な構造になっていた。向こうからかすかに流れてくる風などを調べつつ、慎重《しんちょう》に道を選んで進む。

そのまましばらくは無言のままで歩き続けていたが……意外にもシルヴァーナの方からハヤテに話しかけてきた。

「それにしても魔女騎士《ヘクセンリッター》とこれだけ離《はな》れているというのに、お前の『魔導器《ワンド》』は消えないのだな」

「……？　消える？」

「魔女騎士《ヘクセンリッター》と契約獣《サーヴァント》はラインでつながり、魔力のやり取りをしている。距離《きょり》が離れると魔力の供給にラグが出始め、次第《しだい》に『魔導器《ワンド》』を保てなくなるのだ」

「へぇー、そりゃ知らなかった」

そういえばハヤテとシェリーは元々ラインでつながっていない。『魔神器《ゼーレ》』は結印同士を重ねることで特殊《とくしゅ》なラインを形成して取り出すので、そういった通常の魔女騎士《ヘクセンリッター》と契約《サーヴァ》獣《ント》のような距離《きょり》的《てき》制限はないということなのだろうか？

理由は分からないが、今はシェリーと離れた状態でも『レーヴァティン』が使えることに感謝しておく。

（それに『魔神器《ゼーレ》』が健在ってことはシェリーも無事ってことだしな）

握《にぎ》る剣《けん》の柄《つか》がハヤテに安心感を与《あた》えてくれる。

とはいえ早く彼女たちと合流したいことに変わりはない。

「まあこの剣のことはいいから先を急ごう」

「うむ。ビクトリアも心配であるしな」

「……」

その後、ハヤテたちは上へと向かう坂道を見つけ、それを登り始める。

「ビクトリア……」

「……」

無意識なのかどうか分からないが、シルヴァーナは時折妹の名前を呟《つぶや》きながら坂を登っていた。

（あんなこと命令するわりに、結構妹の心配はするんだな……）

常に仏頂面なので、てっきりその辺の情も薄《うす》いのかと思っていたが……。

シルヴァーナに対してはだいぶ勝手なイメージ像ができあがっていたが、ここにきて齟《そ》齬《ご》が発生しているような？

「うっ……」

その時、先を歩いていたシルヴァーナが小さな呻《うめ》き声を上げて背中を丸める。彼女は左《ひだり》肩《かた》を押さえて顔を苦痛に歪《ゆが》めていた。

「おい、大丈夫《だいじょうぶ》か？」

「……気にするな。先程《さきほど》少し痛めただけなのだ」

先程というと……穴に落下した時か？

「……！」

あの時、ハヤテはシルヴァーナのおかげで無傷だった。だから彼女も当然自分の身はしっかり守っていたのだとばかり思っていたが……。

「とにかく急ぐぞ。こうしている間にビクトリアに万が一のことがあったら……」

シルヴァーナは痛みに構わず先を急ごうとする。

そのセリフからは本気でビクトリアを心配する気持ちがひしひしと伝わってきた。

「待てって」

ハヤテはシルヴァーナの前に回って背中を差し出した。

「む？」

「こっからは俺が背負うから、おぶされ」

「……うむ」

シルヴァーナはわりと素直《すなお》にハヤテに体重を預けてきた。

「ッ⁉」

その際、ハヤテの背中で彼女の胸が潰《つぶ》れる感触《かんしょく》がしたが、声は自制心で抑えつけた。

『レーヴァティン』は逆手に持ち、シルヴァーナを背負って改めて坂道を登り始める。

『魔神器《ゼーレ》』から供給される力のおかげで、人ひとり分の体重も特に苦にはならなかった。

ただお互《たが》いの距離が近いためか、それとも印象が変わったためか、さっきよりも無言でいるのがどうにもモヤモヤとする。

いや、というよりも単純に彼女に訊きたいことがあったからかもしれない。

「なあ……何でビクトリアにあんな命令したんだ？」

「？　あんなとは？」

「だから、俺と子供を作れとか、あのヒッデェ命令のことだよ」

「あれは家の決定だ」

背負っているのでシルヴァーナの表情は見えないが、いつもの平坦《へいたん》な声が返ってきた。

見直しかけていたが、その変わらない口調にまたにわかに怒《いか》りが湧《わ》く。

「だからっ、何でそんな決定が出せるんだよ？　アンタはビクトリアの姉さんだろ？　姉として、妹に好きでもない男と子供作れなんてよく平気で言えるな」

「何を言う。平気なわけないだろう」

「あーそうかよっ…………って、は？」

今……何て言った？　平気なわけ「ない」？

「おい、平気じゃないってどういう意味だ？」

「？　そのままの意味だ。私のかわいい妹をお前のような得体の知れない男にやりたいと思うわけないだろう」

「？？？」

相変わらず感情の読めない声だが、それが先程とは逆にハヤテを混乱させる。

「じゃ、じゃあ何であんなこと命令したんだ？」

「何度も同じことを言わせるな。家の決定だ、と言っているのだ」

「……」

ハヤテはしばしシルヴァーナの言葉を吟味《ぎんみ》する。

「……ちなみに、その〝家の決定〟ってのは、具体的に『誰《だれ》』が決めるんだ？」

「最終的な決定権は無論当主の私にあるのだ。だが基本は親族による合議制で採決することになっている」

要するにヴェルデ家にとって重要な事柄《ことがら》を決める親族会議があって、その場においてシルヴァーナは議長の立場でありなおかつ決定権も持つが、それは決して他の親族の意見を無視してひとりで勝手に決めていいという話ではないらしい。

「先の合議で論じられたのは知っての通り、他家に先んじてヴェルデ家にお前の血を取り込むという話し合いだ。そこでまずビクトリアをあてがい、問題がなければ次に私がお前との子を作るという決定がなされた」

改めて聞いてもメチャクチャな内容にハヤテは言葉を失いそうになるが、この感情の見えない当主様のことがもう少しで理解できるような気がして再度口を開いた。

「でも、最終的な決定権はシルヴァーナにあるんだろ？　なら、そんな決定突《つ》っぱねればよかったじゃねぇか。だって、ビクトリアだけじゃなくて、もしかしたら自分だって、その、俺と……」

「私の個人的感情など些事《さじ》なのだ。私はヴェルデ家の当主。母上に父上、家の者たち、配下の騎士《きし》団、ヴェルデ家にまつわる全《すべ》ての者に対し、その行く末を護《まも》る責任がある」

シルヴァーナはそうハッキリと断言した。

ハヤテはビクトリアがシルヴァーナのことを「自分の背負う責任から決して逃《に》げない人」だと評していたのを思い出す。

騎士団に所属していた時は騎士として民衆を護る責任から決して逃げず、今は当主としてヴェルデ家を護る責任から決して逃げない。それがシルヴァーナという人間なのだろう。

ただ……彼女は最後にぽつりと。

「……だが、もしビクトリアが家の命令を嫌《いや》だと言っていたら、私は家の者たちを説得してでも、妹に無理強いするつもりはなかったのだ。しかし、我が妹もまたヴェルデ家の者として、家のために尽《つ》くすと言った。それならば私にできることはもう何もないのだ」

それは頑《かたく》なな表情の奥からほんの少しだけ覗《のぞ》いた本心。

彼女の話を聞いたハヤテはズレていたブロックが綺麗《きれい》に揃《そろ》っていくのを感じていた。

(そういやさっきだってビクトリアが落ちそうになってるところ助けてたし、今もずっと心配しまくってるし……もしかして妹のことが大好きなのか？)

けれど当主としての責任ゆえに、私情よりも家の利益を優先せざるを得なかったということか。

「念のため訊《き》くけど、昨日俺の部屋であんたがビクトリアの『手伝い』をしてたのは何でだ?」

「あれはビクトリアがお前を誘惑《ゆうわく》する自信がないと言うから手伝ったのだ」

(ビクトリアはたぶん遠回しにもう無理だって言いたかったんだろうけど、シルヴァーナには伝わらなかったんだろうな……)

だが話を総合すると、やはりシルヴァーナにはビクトリアに無理やり子供を作らせようとする意思はなさそうだ。あくまでビクトリアが家の決定を『承諾《しょうだく》した』から、それを当主として手伝っているという感じがする。

ではなぜ、ビクトリアはあんなメチャクチャな命令を受け入れてしまったのか?　この通り当主である姉は彼女が嫌だと言ったら無理強《むりじ》いするつもりはないみたいなのに……。

そこでふとハヤテは「ん?」と疑問符《ぎもんふ》を浮《う》かべた。

「なあ……さっきビクトリアが嫌って言えば無理強いするつもりはなかったって言ってたけど……それ、家の決定とかいう話をする時にちゃんとビクトリアに伝えたか?」

「?　合議で出た決定を伝えた上でどうするのかとは尋《たず》ねたが」

「ああああああ!」

ハヤテは絶叫《ぜっきょう》しつつ、ついに全ての合点《がてん》がいった。

そりゃ肝心《かんじん》な部分を伝えてないのだから、ビクトリアが落ち込むのは当たり前だ！

先程家の決定は合議制で決まると言っていたが、決定権はシルヴァーナにあるとも言っていた。彼女は当主として家の利益を重んじて決定に異を唱えなかったのだろうが、その考えがビクトリアにちゃんと伝わっていないのだろう。だろうというか、彼女の落ち込みようから見てそうだとしか思えない。

おそらくビクトリアは「家の決定＝当主のシルヴァーナが承認《しょうにん》した決定」だと勘違《かんちが》いしているに違いない。だからこそ姉の期待を裏切るまいと、あんな理不尽《りふじん》な命令を受け入れたのだ。

（妙《みょう》に頑なところとか自分が嫌なことに対しても融通《ゆうずう》が利《き》かないところとか、なんかやたらとシェリーに似てるけど……シルヴァーナの場合、口下手すぎる！　肝心な部分を全然話してないじゃないか！）

それにシェリーの場合は自分を醜《みにく》いと断じているが、決して私情を殺したりはしない。でなければ自分の夢を追い求めてディアスペル王立学院になど入らなかっただろう。対してシルヴァーナの場合は当主としての責任を重んじて、私情を殺しすぎている。ふたりの根っこは同じだが、そういう意味では正反対だ。

どっちの方がいいって話でもないだろうが、今回の場合はシルヴァーナの性格が悪い方向に働いた。

ビクトリアはシルヴァーナの本心を知らずに姉を失望させまいと家の命令を承諾し、姉は姉で妹が承諾したのはヴェルデ家の人間としての責務を果たそうとしていると思い込み、そのせいでビクトリアが発し続けた拒絶《きょぜつ》のサインを見逃《みのが》し続ける結果となってしまったのだ——本来なら姉妹《しまい》の気持ちはずっとひとつに重なっていたのにもかかわらず。

「シルヴァーナ。みんなと合流したらちょっとビクトリアとしっかり話せ」

「何をだ?」

「いろいろとだよ！　本当はあんな命令したくなかったこととか、ビクトリアのことをアンタがどれだけ大切に思ってるのかとか、全部だ！」

「しかし、私は当主として……」

「そんなもん俺が知るか！」

今はとりあえず怒鳴《どな》るだけ怒鳴って、ハヤテは坂を登る足を速めた。

「さっきアンタは当主だから家のために動かざるを得なかったって言っただろ！　だったら今度は姉として、妹に本当の気持ちを話してやれよ！　姉妹なんだから、それぐらい許されるだろ！」

「……」

返事はなかったが、そんなことどうでもよかった。

とにかくさっさとシルヴァーナとビクトリアを会わせてやりたい。

ハヤテは彼女を背負っているにもかかわらず全速力で洞窟《どうくつ》の中を駆《か》け抜《ぬ》ける。

そして。

「――！　あの光！」

明らかに植物が発するものとは違う色の光――おそらく魔法《まほう》による光――を見つけ、ハヤテはそちらへ向けて急いだ。

狭《せま》い道を抜け、そこでハヤテは――

「……何だこれ？」

――そこにあった謎《なぞ》の建造物を発見した。

洞窟の壁《かべ》をくり貫いて作った溝《みぞ》に嵌《は》め込むようにして建てられたそれは、まるで岩肌《いわはだ》と一体化しているようで、奇妙《きみょう》な不気味さを醸《かも》し出していた。

「うっ……」

おまけに何か建物の入り口から生臭《なまぐさ》い臭気《しゅうき》も漂《ただよ》ってくる。

（何なんだ？　何でこんなところに建物を……？）

全体が壁に埋《う》まっているのでハッキリしないが、見たところ三階分くらいの高さがある。

奥行きがどれほどあるかにもよるが、いったいどれだけの規模の建物なのだろうか？

そして……こんな地下にこんなものを造ったのは誰なのか？　いつ？　どんな目的で？

何もかもが不可解の塊《かたまり》のような建物に対し、ざわりとハヤテの中で警戒心《けいかいしん》が膨《ふく》らむ。

「下ろすのだ」

シルヴァーナも彼と同じものを感じ取ったらしく、背中から下りて自分の足で立つ。

ふたりはそれぞれ武器を構えながらその謎の建物に対する警戒心を強めていったが——

次の瞬間《しゅんかん》、そんなものは頭の中から吹《ふ》き飛んでしまう。

なぜなら彼らの背後から、何よりも一番聞きたかった声が飛んできたからだ。

「ハヤテ！」

「お姉様！」

シェリーとビクトリア。

ハヤテとシルヴァーナが必死になって探していたふたりが、彼女たちには似合わない全力疾走《しっそう》をして、それぞれ相手の胸の中へと飛びついた。

「ハヤテ……ダメじゃない。下僕《げぼく》がご主人様に心配をかけちゃ」

「スマン」

両腕《りょううで》でシェリーを抱《だ》き締《し》めながらハヤテは素直《すなお》に謝る。

「お姉様、お姉様」

「……ビクトリア」

あちらでもシルヴァーナに抱きついたビクトリアが何度も姉の名前を連呼していた。シルヴァーナは妹の頭をそっと撫《な》でている。

（ん……？）

そこでふと腰《こし》の後ろに誰かがしがみついているのに気づき、ハヤテはそちらを振《ふ》り返った。

「キルルじゃないか」

「ハヤテさん。ハヤテさん」

キルルはひたすらギュウッとハヤテにしがみつき、絶対に離《はな》さないとでも言いたげだった。彼女にもかなり心配をかけてしまったようだ。

またもうひとりの仲間であるアリアもちゃんと彼の傍《そば》まで来ていた。

「ハヤテ君。無事でよかったよ」

「アリアたちもみんな無事でよかった。……でも、どうやってキメラの群れを？」

「キルルとクロが雷撃《らいげき》で消し炭にしたり、シェリー君が氷漬《こおりづ》けにしたりで、まあ何とかなったよ。まあ例によって私はたいして役に立たなかったけどね。はっはっは」

アリアは笑って場を和《なご》ませたあと、壁に埋まった建造物に目を向ける。

「それにしても何だい？　あの建物は」

「さあ？　俺たちもさっきここに来たばっかりで、まだ調べてないんだ」

「そっか。シルヴァーナさん」

アリアはいったんハヤテから離れ、シルヴァーナの方へ視線を向ける。

「これからどうしますか？　私のミリアがここまでのルートを記憶《きおく》しているので、地上に戻《もど》ろうと思えば今すぐ戻れますが？」

このまま調査を継続《けいぞく》するか否《いな》か、アリアはそれをシルヴァーナに問う。

シルヴァーナは少し考え……

「そうだな。あの建物は気になるが、私もこの通りケガしてしまったのだ。今日はこれで切り上げるのだ」

と、結論を出した。

調査は明日以降へ持ち越《こ》し。

今日のところは引き上げることとなり、辺りにはどこかホッとした空気が流れる。

魔獣《まじゅう》との遭遇《そうぐう》はともかく、途中《とちゅう》で離れ離れになる事態も起こってしまったし、これ以上

「えばるな」

のイレギュラーが起きる前に引き上げたいとみんな思っていたのだろう。

　この建物が魔獣と何か関係あるのかは分からないが、もしこれが魔獣の巣であるならばクエスト達成だ。次回はここへ戻ってきて、この建物を調べることになるだろう。

　なんとなくハヤテは振り返って建物を見上げ、

「……ん？」

　今、窓に人影《ひとかげ》がよぎったような……？

　再会の喜びで弛《し》緩《かん》していた緊張《きんちょう》感がハヤテの中で再び膨らみ、そして――

　――建物が、爆《は》ぜた。

「⁉」

　正確には爆発《ばくはつ》したわけではなく、内側から激しく破壊《はかい》された。

「ビクトリア‼」

　建物の破砕《はさい》音が響《ひび》き渡《わた》る中、シルヴァーナの必死な声が一瞬聞こえる。

　そして、破壊された建物の中から現れたのは巨大《きょだい》な三頭の獣《けもの》――三体の獣という意味ではなく、文字通り三つの頭を持つ巨大な獣だった。

「キギュリララ！」

「ギョギョロロロ！」

「ギャギャギャギャギャ！」

獅子《しし》に、鷲《わし》に、赤目の猿《さる》。それぞれが耳障《みみざわ》りな鳴き声を上げ、敵意のこもった目でハヤテたちのことを見下ろす。おまけにその巨大な三頭獣とともに昨日今日と戦った小型キメラも瓦解《がかい》した建物の中から飛び出してきた。

（こいつら、まさか合成獣《キメラ》たちの親玉か⁉）

ここに来てとんでもない奴《やつ》と遭遇してしまった。

それに加えて……

「お姉様⁉　お姉様、起きてください‼」

飛来した瓦礫《がれき》からビクトリアを庇《かば》ってシルヴァーナが頭部を負傷し、額から血を流して意識を失ってしまった。

「ハヤテ君！　あの親玉が暴れて洞窟が崩《くず》れたらみんな生き埋めだ！　急いで脱出《だっしゅつ》するよ！　ミリア、ルートを！」

「キュルル！」

「分かった！　俺が殿《しんがり》をやる！　シェリーはビクトリアを！」

「ええ。ビクトリアさん、行くわよ。ほら立って」

「分かって……いますわ！　リンディス！」

「シャァ――！」

「シルヴァーナさんはクロが運びます！」

「ガウッ！」

ハヤテたちは崩れ始めた洞窟から急いで脱出するために駆け出した。

▽

さすがミリアのナビゲートは完璧《かんぺき》で、アリアと彼女の契約獣《サーヴァント》を先頭に走り続けた一行は無事洞窟を脱出できた。

だがしかし、その直後。

ドオオオオオォン!! と轟音《ごうおん》を立てて洞窟の入り口が周囲の岩盤《がんばん》ごと崩れ、地下から例の三頭の魔獣と小型キメラの群れが現れる。

「キギュリララ！」

「ギョギョロロロ！」

「ギャギャギャギャギャ！」

「……ッ！」

危《あや》うく生き埋めになる前に脱出はできたものの、ここからどうする!?

シルヴァーナはまだ目を覚まさない。彼女が気を失わなければ……いや、そもそもあの瓦礫を受ける前に、彼女はハヤテのことを庇って負傷していたのだ。

（この状況《じようきよう》は俺の責任だ……俺が何とかするッ！）

ヴェルデ家に助けを求めれば、シルヴァーナ配下の騎士《きし》団が手を貸してくれるだろうが、このまま逃《に》げたらキメラの群れを街まで誘導《ゆうどう》することになる。そうなったら大惨事《さんじ》だ。

頭をよぎるのは港町プエルトの喧騒《けんそう》やりんご売りのサーヤの顔……。

あの人たちを魔獣の餌食《えじき》にするわけにはいかない！

「ビクトリアとキルルは周りの小型キメラを頼《たの》む！　アリアはふたりのフォローを！　倒《たお》さなくても引きつけるだけでいい！　あのデカ頭は俺がやるッ！」

「ハヤテさん！　無茶です！」

「無茶でも何でもこいつらを谷から出すわけにはいかない！　シェリー、行くぞ！」

キルルの制止を振り切り、ハヤテはシェリーをその背に護《まも》りながら『レーヴァティン』を構えて地を蹴《け》った。

洞窟の中では分かりづらかったが、こうして見上げると相手のデカさがよく分かる。そこらの木よりも高い位置に三つの頭が並んでいた。

（でもキュクロプスほどじゃない！）

あの巨人《きよじん》を倒したことがある――それがハヤテの心を支え、後ろに控《ひか》えるみんなの存在が剣《けん》の柄《つか》を握《にぎ》る手に力を込めさせた。

「焔《ほのお》よ！」

ハヤテは遠距離《えんきょり》の炎攻撃《ほのおこうげき》で大型のキメラの右前肢《ぜんし》を狙《ねら》った。

彼の強い意思に応《こた》え、『レーヴァテイン』の刃《やいば》が赤熱し、超《ちょう》高音の炎が敵の右前肢を焼き尽《つ》くして灰にする。

「ギョギョロロロ！」

大型のキメラの鷲《わし》頭が何かを吐《は》き出す。

それは端的《たんてき》に言えば「棘《とげ》」だった。ただし、当たればチクリじゃ済まない大きさだ。

「このッ！」

ハヤテは炎を渦状《うずじょう》に、頭上へ盾《たて》となるように広げる。

多くの棘はそれで焼き尽くされたが、中には炎を突破《とっぱ》してハヤテとシェリーの許《もと》へ到達《とうたつ》するものもあった。

その内の一本が頬《ほお》を掠《かす》めるが、残りは全《すべ》て卓越《たくえつ》した動体視力と炎の剣で迎撃《げいげき》する。

「シェリー！　俺を飛ばしてくれ！」

「分かったわ！」

ハヤテの呼び声に応え、シェリーが高速で《飛　翔《フリーゲンウオーク》》の呪文《じゅもん》を詠唱《えいしょう》する。

「《飛　翔《フリーゲンウオーク》》！」

「うおおおおっ！」

シェリーの魔法《まほう》でハヤテは地上から弾丸《だんがん》のような勢いで放たれる。

盾と同時に目くらましの機能を果たした炎の層を突破し、ハヤテは口を閉じたばかりの鷲頭の鼻先まで迫《せま》った。

「ウラア！」

斬《ざん》ッ!!

『レーヴァティン』が鷲頭を首ごと斬《き》り落とす！

だが敵の頭はひとつではない。

「キギュリララ！」

「ギャギャギャギャギャギャ！」

両脇《りょうわき》から獅子《しし》頭と猿頭が牙《きば》を剝《む》く。

「シェリー！」

ハヤテの声に反応し、シェリーは《飛　翔《フリーゲンウオーク》》の魔法を解除する。《飛　翔《フリーゲンウオーク》》は術者本人、つまり彼女にしか軌道《きどう》を操《あやつ》れないので、そのままだとハヤテの自由をいくらか阻害《そがい》してしまうのだ。

「――――ッ」

空中で体の自由を取り戻したハヤテは『レーヴァティン』の先端《せんたん》から炎を噴出《ふんしゅつ》させる。炎の勢いで推進力を得たハヤテは縦に回転し、右から迫る獅子頭の上顎《うわあご》を両断。噛《か》む力を失った下顎《したあご》の牙の隙間《すきま》に足をかけ、そのまま跳《と》び上がって猿頭の噛みつきを回避《かいひ》する。

「ギャバウバッ!!」

目標を失った猿頭は誤って獅子頭の残骸《ざんがい》を噛み潰《つぶ》してしまった。

（もう鷲頭が切断面から再生し始めてやがる!?）

小型キメラの再生力も充分《じゅうぶん》異常だったが、大型キメラは首の切断面から直接肉と骨が盛り上がるように〝生えて〟こようとしていた。

このまま長期戦になればみんなが危ない……！

「これで終わらせる！」

ハヤテは『レーヴァティン』の柄を両手で持ち、刃を下へと向けた。

ザシュッ!!　と肉を抉《えぐ》る感触《かんしょく》が手の平に伝わり、『レーヴァティン』の長大な刃のほとんどが猿頭の頭頂部に埋没《まいぼつ》する。

「『レーヴァティン』！」

赤熱する刃が炎を大型キメラの体内へと送り込む。

隅々《すみずみ》へ。隅々へ。

ハヤテの強い意思に従って灼熱《しゃくねつ》の炎は敵を体の内側から焼き、満ち、燃え広がる。

（……終わりだッ！）

「──灼《や》き尽くせ!!」

怒声《どせい》に近いハヤテの叫《さけ》びによって、魔獣《まじゅう》の体の隅々にまで満ちていた炎が一気に膨《ふく》れ上がり、その巨軀《きょく》を爆散させた。

飛び散った肉片《にくへん》もまた残った火種から燃え上がり、その全てが地面に落ちる前に焼失する。

「ハアアアァ！」

大型キメラを倒して地面に着地したハヤテは、その勢いで残りの小型キメラたちも斬り捨て、焼き尽くした。

「フゥー……フゥー……」

最後の一匹《いっぴき》を灰にしたところでハヤテは乱れた呼吸を整える。

汗《あせ》を拭《ぬぐ》う彼をキルルが心配そうに見上げた。

「無茶しすぎです、ハヤテさん。あんな数をひとりで……」

「いや、キルルとビクトリアがかなり数を減らしてくれてたし、まだ全然平気だって」

「……本当ですの？」

キルルだけでなく、ビクトリアまで心配そうに尋《たず》ねてくる。

大丈夫《だいじょうぶ》だ――と、ハヤテは答えようとした。

が。

「キギュリララ！」

「ギョギョロロロロ！」

「ギャギャギャギャギャギャ！」

聞き覚えのある――聞きたくもない三頭の鳴き声が、また聞こえる。

「キギュリララ！」

「ギョギョロロロロ！」

「ギャギャギャギャ！」

「キギュリララ！」

「ギョギョロロロ！」

「ギャギャギャギャギャ！」

「ヂャアアアアア！」

「ギャース！　ギャース！」

「ゴォォ……コホォ……！」

「ゲルルルルル！」

「ゴアアアアアア！」

「ウゴゥ！　ウゴゥギャ!!」

「ブフォフォフォ！　ブフォフォフォ！」

「グルルル……グギャアアアアア！」

「ガオオオオオオオ！」

それもいくつもいくつも……。

「……」

半ば確信に近い嫌《いや》な予感を覚えながら、ハヤテは顔を上げた。

今さっき倒したばかりの大型キメラ――獅子《しし》・鷲《わし》・猿《さる》の合成獣《キメラ》――を含《ふく》む、さらに見たこともない獣《けもの》同士が組み合わされた魔獣たちが、見える範囲《はんい》で何十体もいる。

さらに大型キメラ以外にも、無数の小型キメラたちの鳴き声もチラホラと聞こえた。

（……そういや、この辺りには洞窟《どうくつ》がいくつもあるって言ってたっけ）

つまりは……こういうことか。

ハヤテたちは複数ある洞窟の中から、たまたま最初に選んだ洞窟でキメラの巣を発見したのではなく……全ての洞窟がキメラたちの巣だった。

全ての洞窟にあのボス格のキメラ――合成巨獣《キマイラ》が一体ずつついて、そいつらが各々《おのおの》のコミュニティの小型キメラを率いて現れた、と……。

「この数は……」

アリアが息を呑《の》むのが聞こえる。

キマイラ一体相手にするのですら相当な体力を消耗《しょうもう》した。ハヤテは『魔神器《ゼーレ》』のおかげであまりケガもしていないが、ほかのみんなはそうもいかない。

決断はすぐにでも下さなければならなかった。

「シェリー、ビクトリア、キルル、アリア……シルヴァーナを連れて急いで街へ戻《もど》るんだ。そこで彼女を治療《ちりょう》してもらって騎士団を連れてきてもらえ。プエルトの人たちにも避難《ひなん》するように伝えるんだ」

「……ハヤテさんは？」

キルルが縋《すが》るような視線で訴《うった》えてきた。

どうかその答えを返さないでくれ——と。

だが。

「俺は残ってあいつらを食い止める」

今度こそ全員が息を呑み、一瞬《いっしゅん》呼吸を止めた。

「少しでも避難の時間と、騎士《きし》団が準備を整える時間を稼《かせ》がなきゃならない。それをこの場でできる奴《やつ》は俺以外にいないんだ」

ただのキメラならともかく、キマイラとまともにぶつかれるのはハヤテしかいない。そうしなければハヤテたちどころか、近隣《きんりん》の街々も全滅《ぜんめつ》してしまう。ほかに選択肢《せんたくし》がない状況《じょうきょう》なのは間違《まちが》いなかった。

「そんなっ……！　だったらあたしだって戦います！」

「わたくしだって残りますわ！」

しかしそれでも彼の言葉に納得《なっとく》できないふたりが抗議《こうぎ》の声を上げる。

ハヤテは彼女たちをどう説得するか焦《あせ》りながら考えるが……

「私たちは足手纏《あしでまと》いというわけね」

その前にシェリーが真実を突《つ》きつけるように全員に告げた。自分も含めて。

「シャルラッハロートさん。今何て？」

「言葉の通りよ。私たちがいたらハヤテは戦うことに集中できないわ。それどころか私たちを護《まも》ろうとして、満足に戦うことすらできない」

「そんなのあなただけですわ！　わたくしは……！」

「その意地でハヤテが死ぬかもしれないのよ」

「……ッ！」

シェリーの容赦《ようしゃ》ない言葉にビクトリアは口を噤《つぐ》む。

一方、同じく反対していたキルルは。

「……シェリーさんはそれでいいんですか？　ここでハヤテさんと別れたら、それは……」

たぶんハヤテは生き残れない、彼女はそう言いたいのだろう。

しかし、シェリーは気丈《きじょう》に胸を張る。

「大丈夫よ。私の下僕《げぼく》は強いから、ご主人様に無断で死んだりしないわ……ね？」

「ああ……もちろんだ」

「それでいいわ」

シェリーは胸の下で腕《うで》を組んで小さく頷《うなず》いた。

——その組んだ腕が細かく震《ふる》えていることに幾人《いくにん》かが気づいたが、それを指摘《してき》する者はいなかった。

彼女は頭がよく、戦えない分冷静に状況を分析《ぶんせき》する力を持っている。だから、ハヤテだけが残って足止めするのが最良の選択肢だと理解できているのだろう。

それゆえにこの場の意見を纏《まと》めるため、彼の契約者《ファミリア》である彼女自身が率先《そっせん》して真実を告げたのだ——自分の感情を押し殺して。

「ハヤテ……」

別れ際《ぎわ》にシェリーはハヤテの耳元に唇《くちびる》を寄せる。

「もし……生きて帰ってこられたら、私の一番大切なものをあげるわ」

「……絶対に生きて帰るさ」

ふたりは約束を交《か》わし——同時に背を向ける。

シェリーは逃《に》げるために谷の外へ。

ハヤテは戦うために谷の内へ。

——互《たが》いに生き残るために。

▽

ビクトリアは谷からの脱出《だっしゅつ》を図《はか》る一行の殿《しんがり》を務めていた。彼女の『蛇翼の鞭《ティルワーム》』なら後方からでも全員を援護《えんご》できるからだ。

先頭はナビ役のアリア。キルルはその隣《となり》を並走している。

続けて黒獣《ブラックドッグ》とその背に乗った姉のシルヴァーナ……こちらは未《いま》だに意識が戻っていない。その原因が自分を庇《かば》ったせいだと思うと胸が苦しくなる。

さらにそのすぐ後ろ——つまりビクトリアの前を《飛翔《フリーゲンウオーク》》の魔法で駆《か》け抜《ぬ》けるのは、先程《さきほど》ハヤテと別れたばかりのシェリーだ。

「……」

シェリーは何度も何度も後ろを振《ふ》り返りそうになりながら、それを途中《とちゅう》で思い留《とど》まるように耐《た》え、ひたすら前を見つめ続けていた。

「……」

いったいどれだけの意思力を総動員すれば、あそこまで耐え続けることができるのだろうか？

男に疎《うと》くよく勘違《かんちが》いをするビクトリアですら、彼女とハヤテが深い仲であることはさすがに察せられた。ふたりの間で交わされる言葉、流れる空気、それらは試験のためにタッグを組んだ時に嫌というほど感じていた。

「……」

最初、ビクトリアはシェリー・シャルラッハロートのことを嫌《きら》っていたと思う。

領民を裏切ったシャルラッハロート家の娘《むすめ》で、クラスにもまるで馴染《なじ》まず……その上ビクトリアに恥《はじ》をかかせた。むしろ好きになれる要素なんて皆無《かいむ》だ。

ただ……気になってはいた。

ビクトリアは友人の多い方だが、やはり大なり小なり彼女たちの視線の中に「ヴェルデ家の次女を見る目」が含まれることは否《いな》めない。それでも彼女たちは友達だし、大切だけれど……シェリーだけは違った。

彼女はヴェルデの名を意に介《かい》しもしなかった。

それは彼女の家名がすでに地に墜《お》ちたもので、だからこそあんなにふてぶてしいのかとも思った……けれど違った。

あのキュクロプスの大魔法で全員がやられて倒《たお》れ伏《ふ》した時、ビクトリアも体は動かせなかったが意識だけはあったのだ。

あの時、ビクトリアはシェリーとハヤテのやり取りを聞いていた。彼女の行動を見ていた。力をなくした彼を逃がそうとし、ひとりであの恐《おそ》ろしい単眼鬼《キュクロプス》に立ち向かう様を見た。

その時も彼女は相変わらずふてぶてしかった――堂々としていた。

自らが傷だらけであってもなお誰《だれ》かのために……あの背中が、ほんの一瞬憧《あこが》れている姉の背中と重なった。

「……」

そして、あの男――ハヤテ・ミツルギ。

シェリーと同じく自分に恥をかかせた男。はじめての敗北を味わわせた男。憎《にく》たらしく生意気な男。強い男。……キュクロプスの一撃《いちげき》から自分を助けた男。

ハヤテに対して抱《いだ》いている気持ちは複雑だった。顔を思い浮《う》かべると激しく心がかき乱されるような気もするし、やたらと胸が高鳴るような気もした。

どのような態度を取ればいいのかよく分からず、よく分からない感情を何度もぶつけた気がする。

だがいずれ、時が経《た》てば、複雑に絡《から》み合った心が解け、ビクトリアがハヤテに対して感じている本当の〝想《おも》い〟の正体も分かったかもしれない――

――だがその前にあの命令が家から下された。

物事の中には、時間をかけることで形がまとまったり、解きほぐされたりするものもある。そのために必要な時間を得る前に、ビクトリアは無理やり進むべき方向を決められてしまった。

ハヤテのことを何とも想っていなければ、それはただの命令だったかもしれない。

逆にハヤテに対して……仮に、あくまで仮に……何がしかの愛情を芽生えさせていたなら、その命令は渡《わた》りに船だったかもしれない。

（まあ、わたくしの性格ですと強情《ごうじょう》になって逆に突っぱねてしまったかもしれませんが）

だがあくまでそれは仮定の話。

実際は、ビクトリアにとって自分の胸に宿る〝それ〟が何なのかまるで摑《つか》めないまま……自分の立ち位置すらあやふやなまま、ハヤテのことを誘惑《ゆうわく》せねばならなくなった。

あるいは試験で自分の実力を示すことができれば、「どういう結果になるかも分からない企《たくら》みのために使い捨てるのはもったいない」と考え直して、命令そのものを白紙にしてもらえるかとも思ったけれど……試験が終わったあとも姉は命令を取り下げなかった。

（お姉様……）

ビクトリアにとって姉のシルヴァーナは常に遠い存在だった。

魔女騎士《ヘクセンリッター》としての才能も、当主としての資質も、何もかもが段違いで、気がつけば前に立つ度《たび》にどうしても萎縮《いしゅく》してしまう相手となっていた。

好きだけれど、憧《あこが》れだけれど、だからこそ上手《うま》く接することができない。

その上、姉は寡黙《かもく》でいつも泰然自若《たいぜんじじゃく》としていたから、外からその本心を読み取るのは容易ではなかった。

だがそんな姉の態度もまた、感情がポロポロとこぼれる自分との違いに見えて、彼女の本心を覗《のぞ》き込もうとか、ましてや暴《あば》こうなどという気持ちを抱くことすらできずに今日まで日々を過ごしてきた。

そう……なのだけれど。

ビクトリアはハヤテとの別れ際《ぎわ》、彼と交わした会話を思い出す。

『お姉さんが目を覚ましたら、少しでもいいからちゃんと話してみろ』

『ちゃんと……ですの？』

『ああ。シルヴァーナがビクトリアのことをどう思ってるのか訊《き》け。それから……妹らしく姉さんに甘えてみろ。姉妹《しまい》なんだからお互いに遠慮《えんりょ》すんなって、姉さんの方にも言っておけ』

なぜあんなことをハヤテが自分に伝えたのかは分からない。

だが、彼は合流する直前まで、シルヴァーナとふたりっきりだった。その時に何か話をしたのかもしれない。ビクトリアですら聞けなかった彼女の本心を。

「「グジュルルル！」」

「⁉」

その時、隊列の左側からふたつの犬頭を持つ巨大《きょだい》なキメラが現れた。

三頭ほどデカくはないが、小型のキメラほど小さくはない。ちょうどその中間といったところか。キマイラのように頭が森から突《つ》き出るほどのデカさでないせいで、ハヤテもその存在に気づかなかったのだろう。

しかし、おそらく小型よりは手強《てごわ》いはずだ……！

「クッ！」

即座《そくざ》に反応したのは先頭のキルルだ。

彼女は『装雷神の籠手《ボルカニツクガントレツト》』によって稲妻《いなずま》と化し、まずはその中型キメラの片方の鼻面に拳《こぶし》をぶち当てる。

そこからさらにスピードを活《い》かして相手を翻弄《ほんろう》して、敵の足止めに成功した。

「リンディス！　アリアさんとお姉様を！」

「シャアー！」

ビクトリアの契約獣《サーヴァント》リンドヴルムは長い鎌首《かまくび》をもたげ、キルルの黒獣《ブラックドッグ》とともにアリアとシルヴァーナの護衛につく。

「クッ！」

キメラを倒すには完全に肉体を消滅《しょうめつ》させる必要があるが、打撃《だげき》武器である鞭では相性《あいしょう》が悪くキルルの援護しかできない。

「ビクトリアさん！」

と、そこへシェリーが駆け寄ってきた。

「シャルラッハロートさん！　あなたは戦えないのですから後ろへ下がって！」

「ビクトリアさん。多少痛くても我慢《がまん》できる？」

こちらの声を無視して、シェリーは真剣《しんけん》な声音《こわね》で問うてくる。

「……何か考えがありますの？」

「ええ」

「なら早くおやりなさい！　多少の痛みごときでわたくしは怯《ひる》みませんわ！」

「さすが。いい返事ね」

言うや否や、シェリーはビクトリアの『蛇翼の鞭《テイルワーム》』の柄《え》を摑み、魔法の詠唱《えいしょう》を開始した。

「冷廟《れいびょう》を護《まも》りし者、其《そ》の凍《い》てつきし腕《かいな》によって、捕《と》らえし者に無明の束縛《そくばく》を与《あた》えたまえ――《極寒の牢獄《ナーストレンド》》」

その魔法はタッグ試験でレドとフォルテナを足止めしたのと同じ魔法だった。

本来は罠《わな》として起動する地面設置型の魔法――それがビクトリアの鞭に付与《ふよ》される。

そうするとどうなるか？

「今よ！　その鞭であの双頭《そうとう》のキメラを縛《しば》り上げて！」

「ッ！　はあああああ！」

ビクトリアは自分の手の平が凍《こお》りついていく感覚に顔を顰《しか》めながら、『蛇翼の鞭《ティルワーム》』を中型キメラに向かって振るう。ただしシェリーの指示通り、『打つ』ためではなく、その長さを利用して相手を『縛り上げる』ために！

無限に長さを伸《の》ばせる『蛇翼の鞭《ティルワーム》』は、相手の体がどれほど大きくても長さが足りなくなるということはない。

あっという間にビクトリアは『魔導器《ワンド》』で中型キメラを雁字搦《がんじがら》めにし――鞭の触《ふ》れたところから《極寒の牢獄《ナーストレンド》》がその体を凍りつかせていく。

「「グ……ル、ル……」」

やがてその双頭のキメラは頭の先まで氷漬《こおりづ》けになり、その動きを止めた。

「はぁ、はぁ……ふぅ」

ビクトリアは安堵《あんど》のため息をつきつつ、いったん『魔導器《ワンド》』を魔力《まりょく》の粒子《りゅうし》へ戻《もど》す。凍りついた腕はタッグ試験の時と同じようにシェリーに解除してもらった。

どうせならここでひと息つきたいところだが、時間がないのでグズグズもしていられない。彼女たちは一刻も早くヴェルデ家へ戻り、騎士《きし》団を連れてハヤテを助け出さなければならないのだ。

「さあ、みなさん早く行き……」

再び前へ進もうとした時——パキンッ、と何かが割れるような音がした。

その場の全員が先程《さきほど》氷漬けになった魔獣《まじゅう》の方を振《ふ》り向く。

バキンッ‼

「「グジュルルルオオオオオオ！」」

双頭のキメラは体を覆《おお》った氷を突き破り、雄叫《おたけ》びを上げた。

（そんな……内側からあの分厚い氷を割るなんて）

ビクトリアはたじろぐ。

そこへ敵が襲《おそ》いかかる。

「「グジュルルル！」」

「ッ！」

敵の噛《か》みつきを間一髪《かんいっぱつ》で躱《かわ》し、ビクトリアは地面の上を転がる。

（お姉様ならこんな敵……！）

ビクトリアの脳裏《のうり》にそんな思いがよぎった。

その迷いが彼女から足元への注意を散漫《さんまん》にさせ——地面のくぼみに足を引っかける。

「あっ！」

「「グジュルルル！」」

双頭キメラはその隙《すき》を見逃《みのが》さない。

魔獣は鋭《するど》い爪《つめ》の生えた前肢《ぜんし》を振りかぶり、倒《たお》れたビクトリアを斬《き》り裂《さ》こうとした。

そして……その時——

——ガキィン!!

「……無事か？　ビクトリア」

「お姉様!?」

ビクトリアと魔獣の間に割って入り、その爪を槍《やり》で受け止めたのは気絶から目を覚ましたシルヴァーナだった。

「「グジュルルルオオオ！」」

「……ぐっ！」

「お姉様！　無理をなさらないでください！　さっきだって瓦礫《がれき》が頭に」

「気にするな。少し当たりどころが悪かっただけなのだ」

「いえ、当たりどころが悪かったなら尚更《なおさら》……」

「大切な妹を護るためなのだ。この程度、何の問題もない」

心配するビクトリアの声を遮《さえぎ》り、シルヴァーナはキッパリと言い放つ。

「――――！」

裏も表もない姉の率直《そっちょく》なセリフにビクトリアはハッとした表情になる。

姉がこんなにもストレートに自分の〝心〟を話してくれたのはこれがはじめてだった。

「……フンっ！」

シルヴァーナは魔獣の爪を弾《はじ》き飛ばす。

「ビクトリア。もう一度あいつの動きを止めるのだ。私がトドメを刺《さ》す」

「え……ええ！　分かりましたわ！　シャルラッハロートさんっ、こっちに！」

「分かっているわ」

ビクトリアの声にすぐさまシェリーは反応する。

彼女はもう一度《極寒の牢獄《ナーストレンド》》を詠唱し始めた。

その魔法が完成するまでの間、双頭のキメラの足止めはシルヴァーナたちが担当する。

「《極寒の牢獄《ナーストレンド》》！」

「もう一度氷漬けにして差し上げますわ！」

ビクトリアとシェリーのコンビネーションにより、中型キメラは再度鞭《むち》に搦《から》め捕《と》られ、その体躯《たいく》を氷像と化す。

しかし、その氷の牢獄は再び内側から魔獣の筋力によって徐々《じょじょ》に砕《くだ》かれようとしていた。

だがたとえわずかな時であったとしても、今この瞬間《しゅんかん》魔獣《まじゅう》は確実に身動きが取れない。

その隙にシルヴァーナは『海王の三又槍《ディオマーレトライデント》』を水平に構え、詠唱《スペリング》を開始する。

「奉《たてまつ》るは天《あめ》の神、水底に伏《ふ》せ空を駆《か》ける者よ、我が切っ先に宿りて昇龍《しょうりゅう》と化せ——魔技《マギカ》」

詠唱《スペリング》を必要とする魔技《マギカ》は通常の魔技《マギカ》に比べ発動に時間がかかる代わりに、絶大な威力《いりょく》を誇《ほこ》るという特徴《とくちょう》がある。

三又槍の矛先《ほこさき》に空気中から水分が集まっていく。それらは凄《すさ》まじい勢いで成長していき、やがて二匹《ひき》の水龍《りゅう》を象《かたど》った。

「双龍連牙陣《タイダルテンペスト》」

「「ギリャアアアアアア‼」」

咆哮《ほうこう》を上げながら、二匹の龍は互《たが》いに絡み合うように回転しながら双頭のキメラめがけて牙《きば》を剝《む》く。

「「グ……!?」」

相手も対抗《たいこう》しようと口を開きかけたが、その前に双龍連牙陣《タイダルテンペスト》の激流に吞《の》まれ、吼《ほ》えることすらできずに姿を消す。

そして、水龍が通りすぎたあとにはもう何も残っていなかった。

「ふぅー……むっ！」

「お姉様！」

無理をして足元をふらつかせたシルヴァーナに駆け寄り、ビクトリアは彼女に肩《かた》を貸す。

「大丈夫《だいじょうぶ》ですか……？」

「む。問題ないのだ。ビクトリアが無事なら」

「そんなっ！　わたくしのことよりお姉様自身のことを心配してください！」

本気で姉のことを心配しながら、ビクトリアは胸の内に喜びが溢《あふ》れるのを抑《おさ》えきれなかった。

（お姉様はここまでわたくしのことを……！）

もしかしたら、ハヤテの言う通りなのかもしれない。

姉の凄《すご》さに憧《あこが》れつつ、自分との差に劣等《れっとう》感と引け目を感じ、シルヴァーナのことを勝手に持ち上げてその心の内側を知ろうとしなかったのはビクトリア自身だ。

寡黙《かもく》で表情が読めないなんて、そんなのは所詮《しょせん》外側の話だ。ただ遠巻きに顔色を窺《うかが》うだけで相手が何を考えているか知りたいなんて……それは自分が傷つくことを恐《おそ》れているだけだった。

本当は姉が自分のことをどう思っているのか知りたかったのなら、表情の下の、もっと内側まで……シルヴァーナ自身の気持ちをその口から、直接聞くべきだったのだ。

帰ったら、姉と話をしよう。私のことをどう思っているのか。そして、私が姉をどう思っているのかを、彼の言う通り、ちゃんと……。

そのためにはまずこの状況《じょうきょう》の全《すべ》てを終わらせなければ。

「さあみなさん、今度こそ急いで戻りますわよ！　シャルラッハロートさん、も……？」

少し離《はな》れた位置で立ち尽《つ》くしているシェリーに声をかけようとして、ビクトリアの動きがピタリと止まる。

なぜなら、声をかけようとした相手が大きく目を見開き、遠くの方を凝視《ぎょうし》していたから。

それは彼女たちがこれまで走り抜《ぬ》けてきた方角——つまりは、ハヤテを残してきた場所だ。

今までシェリーはそちらを一度も振り返らないようにしていた。だが魔獣を倒した直後で一瞬《いっしゅん》気が緩《ゆる》んだのか、それとも戦闘《せんとう》中に偶然《ぐうぜん》そちらを見てしまったのかは定《さだ》かではない。

ただ何にしろ彼女はハヤテのいる後方をついに振り返ってしまった。

彼女に釣《つ》られてビクトリアもまたそちらを見る。

そして――

「なん……ですの、あれは……」


――絶望を、見た。


「……ッ！」

「シャルラッハロートさん⁉」

立ち竦《すく》むビクトリアたちを置いて、シェリーは元来た道を駆け下りていった。

▽

時間は少し巻き戻る。

シェリーたちを逃《に》がしたあと、ハヤテは何十という合成巨獣《キマイラ》、何百という合成獣《キメラ》を谷から出さないために戦い続けていた。

「ぜぇー……ハァー……うグッ……！　焔《ほのお》よ！」

炎《ほのお》の刃《やいば》を飛ばし、群がろうとしていたキメラをまとめて斬り払《はら》う。

もうどれだけの数のキメラを倒したのか覚えていない。そもそも奴《やつ》らは驚異《きょうい》的な再生力を持っている。一度に斬り払う数が増えれば一、二体〝燃やし残し〟が出てきてしまうこともあった。だから、今倒したのが新しいキメラなのかさっき倒し損《そこ》ねたキメラなのか、それすらも分からない。

だが、そんな厄介《やっかい》さを持っていたとしても、所詮キメラなど雑魚《ざこ》だ。

問題のはキメラのボス格であるキマイラたち。

「キギュリララ！」

「ギョギョロロロロ！」

「ギャギャギャギャギャギャ！」

キメラを上回る再生力と体軀を持つキマイラはそう簡単には滅《ほろ》ぼせない。

だが、ハヤテと『レーヴァティン』であれば決して倒せない敵でもないのだ。どういうわけかキメラとキマイラは魔獣のクセに大魔法を使ってこない。そういう種なのか、それとも何か使わない——あるいは使えない——理由があるのかは分からない……ただこの最悪の状況下《じょうきょうか》における唯一《ゆいいつ》の吉報《きっぽう》だろう。

（まあ、最悪なのには変わらないけどな）

倒せることは倒せる……一対一であれば簡単に。

もちろん脅威度《きょうい》が上のキマイラをハヤテは最優先で倒そうとする。しかし、トドメを刺そうとすると、必ずボスを助けようとキメラたちが横槍《よこやり》を入れてくるのだ。

群がるキメラを倒すのに数秒手間取れば、その隙にキマイラは再生してしまう。

「フゥー……フゥー……」

シェリーたちと街の人々を護《まも》る――その目的のおかげで、ハヤテの集中力は極限まで高まっているが、
しかし、
それでも、
敵の物量と再生力を前に、少しずつハヤテの限界は近づいていた。

「ぬオラッ！」

『レーヴァティン』でキマイラの頭部を三つ、まとめて落とす。

頭部を全て失うと、わずかにだがキマイラの動きが鈍《にぶ》る。その瞬間《しゅんかん》を狙《ねら》い、すでにもう溶解《ようかい》しそうなほど赤熱している刃を体軀に突《つ》き立て、またたく間に灰へと還《かえ》す。

この方法の問題は先に斬り落とした頭部を放置すると、そこからまた体を再生されてし

まうことだが……その点にさえ気をつければ有効な手段だ。

ハヤテは倒《たお》したキメラの数はすでに数えていないが、肝心《かんじん》のキマイラを倒した数だけはちゃんと覚えていた。

（これで……十五体目）

胸中で短く戦果を数え、ハヤテは再度キメラの群れへと突っ込み、その壁《かべ》の向こうにいるキマイラめがけて突撃《とつげき》する。


——この時ハヤテはまるで認識《にんしき》していなかったが、こんなわずかな時間で無数のキメラと十五体のキマイラを倒すなど、彼の上げた戦果は尋常《じんじょう》ではなかった。のちにこれら再生魔獣《まじゅう》たちの調査を行なった騎士《きし》団をして、王国最高戦力女王直轄《ちょっかつ》騎士団が全戦力を以《も》って当たるべき危機的状況であったとの見解を残したほどだ。


そんなことも知らずにハヤテは敵に立ち向かっていく。

「アアアアッ！」

そして、キマイラを倒した数が二十を超《こ》えた時——変化が生まれた。

「グキキキ……」

次にハヤテが狙いを定《さだ》めたキマイラが突然《とつぜん》後退を始めたのだ。

「……？」

当然、彼は逃がすまいと追いかけようとしたが、その行く手をキメラたちがこれまでにないくらいの必死さで阻《はば》んでくる。

「ギャース！　ギャース！」

やがて別の鳴き声が。

「ゴォォ……コホォ……！」

残っていたキマイラが。

「ゲルルルルル！」

集まって。

「ゴアアアアアア！」

集まって。

「ウゴゥ！　ウゴゥギャ‼」

蠢《うごめ》き。

「ブフォフォフォ！　ブフォフォフォ！」

嗤《わら》い。

「グルルル……グギャアアアアア！」

唸《うな》り。

「ガオオオオオオオオオ！」

雄叫《おたけ》びを上げ。

「「「「「…………………」」」」」

悪夢の大合唱は不意にピタリと止《や》む。

「……？」

群がったキメラたちを粗方《あらかた》片づけたハヤテが何事かと視線を上げた時――

どろり、どろり、どろり、

突然、キマイラたちの巨体《きょたい》が溶《と》け始め、さらにその肉塊《にっかい》同士が混ざり合い始めた。

「なっ⁉」

一瞬何が起きているのか分からず……理解が及《およ》んだ瞬間、戦慄《せんりつ》がハヤテの背中を駆《か》け抜ける。

そして……絶望《そいつ》は生まれた。

「「「「「ゴオオオオオオオオオオオオオオオオ!!」」」」」

地の底から響《ひび》くような七つの大音声。

獅子《しし》。

猿《さる》。

鷲《わし》。

竜《りゅう》。

山羊《やぎ》。

狼《おおかみ》。

半牛半馬。

七本の長い首の上にのる七つの頭。

まるで強そうな奴らを片《かた》っ端《ぱし》から纏《まと》めてくっつけてひとつにしたような、子供の悪ふざけじみたデザインだ。

「キュクロプスよりデッケェのかよ……」

それどころかその倍はありそうだった。見上げるだけで眩暈《めまい》がしてくる。

だが、酷使《こくし》を続けた炎の剣《けん》は全体が真っ赤に燃え上がっており、柄《つか》を握《にぎ》る手の平まで焼けていた。重度の火傷《やけど》の痛みがハヤテを無理やり現実へ引き戻《もど》す。

「……上等だ！」

ハヤテは『レーヴァティン』を体の後ろの限界まで引き絞《しぼ》る。

脳裏《のうり》に抱《いだ》くイメージは先程《さきほど》までと同じ――キュクロプスを葬《ほうむ》った一撃《いちげき》だ。

眼前の敵を、完全に、一片《いっぺん》の灰も残さず、無に帰す。

持ち主の意志に応《こた》えて炎の刃が赤熱し、空気を焦《こ》がした。

「ッッッッ‼」

今持てる全力を振《ふ》り絞り、ハヤテは空の彼方《かなた》まで振り抜《ぬ》くつもりで溜《た》めた力を解き放つ。

『レーヴァティン』の剣身全体から炎が噴《ふ》き出し、空中に赤と黒煙《こくえん》でできた半月を描《えが》き出す。

七つ首に向けて放たれた炎の刃の全長は、キュクロプスを屠《ほふ》った時の軽く十倍。

間違《まちが》いなく今のハヤテに出せる最強の一撃だった。

その一撃は空間ごと両断するように、七つ首の七頭全《すべ》てと巨軀《きょく》の半分を一瞬《いっしゅん》で消し飛ばす。

さらに焼き斬《き》った切断面から絶死の炎が燃え広がり、残った肉を緋《ひ》に染め上げた。

「……っ、ハッ！」

全てを出し切ったハヤテは『レーヴァティン』を地面に突き刺《さ》し、自分も膝《ひざ》をついて荒《あら》い呼吸を吐《は》きだした。

「もうッ……俺の中のもの、ぜんぶっ……なくなった」

いつも赤く輝《かがや》いている『レーヴァティン』の刃すら明滅《めいめつ》しているような気さえする……この剣がなければ、もはやハヤテは立っていることすらできないだろう。

そんな彼の頭上を再び影《かげ》が覆《おお》った。

「……」

もう声を出すこともできない。

それでも気力を振り絞って顔を上げ……炎の中から再生した七つ首の姿を目にする。

ノドの奥から無意識に乾《かわ》いた笑いが漏《も》れた。

（…………ウソ、だろ……）

ここまで雲霞《うんか》のように湧《わ》き出るキメラたちを蹴散《けち》らしながら、力尽《ちからず》くで作り出したチャンスをものにして、ようやく一体、また一体とキマイラたちを倒し続けてきた。一瞬でも気を抜けばこちらがやられ、一手の間違いで敵に再生の時間を与《あた》えてしまい振り出しに戻る……経過時間にすれば一時間にも満たないような、だけれども一瞬一瞬が数時間にも思えるような張《は》り詰《つ》めた戦闘《せんとう》を何度も切り抜けてきて……最後に辿《たど》り着いたのがこれか？

心が、折れそうになる。

もはや七つ首に対抗《たいこう》するために振り絞れる力など、ひとかけらも残されていなかった。

「シェリー……」

せめて最後の声を振り絞り、愛《いと》しい彼女の名前を呼ぶ。

だが疲労《ひろう》と絶望がそうさせるのか、頭に霞《かすみ》がかかったみたいに上手《うま》く彼女の姿を映像化することができない。

それどころか白い靄《もや》はドンドン彼の視界を侵食《しんしょく》していって……まるで世界から彼を取り除こうとしているみたいだった。

死ぬってのはたぶんこういう感覚なのだろう。

もちろん、ハヤテだってできることなら死にたくない。

だが、おそらく心のどこかでこうなることは覚悟《かくご》していた。七つ首が現れなくても、あれだけの数のキマイラとキメラが相手だったのだ。いずれ力尽《ちからつ》きていたのは明白だ。

（ああ、ちくしょう……約束、守れなかったな）

それがどうしても心残りだ。

約束も守りたかった。

いや。

会いたかった。

彼女に。

シェリーにもう一度……会いたかった。


「ハヤテッ‼」


「⁉」

目を閉じかけていたハヤテの意識を、その声が無理やり覚醒《かくせい》させる。

ハヤテは膝立ちのまま背後を振り返った。

そして、今の声が幻聴《げんちょう》でなかったことを知る。

「シェリー⁉」

「生きてるわね⁉　よかった……！」

シェリーは安堵《あんど》の声を上げこちらへ駆け寄ってくるが、戦闘中あれほど研《と》ぎ澄《す》まされていたハヤテの心はメチャクチャにかき乱されていた。

彼女が近づいているのは彼だけではない――彼の目の前にいる七つ首とも、着実にその距離《きょり》を縮めているのだ。

「「「「「「「ゴオオオオオオオオオオオオオオオオオオオオ!!」」」」」」」

七つ首が猛《たけ》る。

そちらを見ずとも、七対《つい》の魔獣《まじゅう》の瞳《ひとみ》がハヤテとシェリーを狙《ねら》っているのが分かった。

これではまるでキュクロプス戦の時の再現だ。

ただし、あの時は潰《つぶ》されかけたシェリーの許《もと》へハヤテが駆けつけたが、今は配役が逆で

……おまけに自分にはもう彼女を護《まも》るための力が尽《つ》きている。

今からシェリーを止めることなどできない。あの時の自分がそうだったから分かる。俺は、彼女は、この時この瞬間に、相手の許へ行く。

たとえその先に死が待っていようと――

――認められるかそんなもんッ!!――

——その瞬間、ハヤテの意識はここではないどこかへ飛ばされた。

▽

「——ハッ⁉」

気がつけばハヤテは白い空間にいた。

それは本当に刹那《せつな》の内に全ての風景が切り替《か》わったような感覚で、あえて言えばシェリーにディアスペル王立学院の寮《りょう》に召喚《しょうかん》された瞬間に似ていた。

いつ、どうして、なぜここにいるのかは分からない。

気がつけばハヤテはここにいた。

「ッ！　シェリー！　シェリー⁉」

間違いなく異常事態であったが、今のハヤテにとっては自分のことよりも目の前から消えたシェリーの方が重要だ。

周囲を見回し、ひたすら彼女の名前を呼ぶ。

そして、ふと真っ白な空間の中に、ひとりの男が立っていることに気がつく。

「……？」

その男もまたいつ、どこから、どうやって現れたのかまるで分からなかった。

気がつけばそこに立っていて、こちらを見ていた。

「よう」

男は思いのほか気さくに声をかけてきた。

だがその声は近いようで遠く、男の存在もまた距離《きょり》感が摑《つか》めなかった。それどころか見えているはずの顔の表情すら、暗闇《くらやみ》の中で見るかのように判然としない。

「おい！　ここはどこだ？　どうやったら帰れる⁉」

男の正体などどうでもいい。

ハヤテは今一番大事なことをそいつに尋《たず》ねた。

声音《こわね》には「答えなければ殺す」という響きすらこもっていたが……男はバカにしたように笑った。

「戻ってどうする？　今のお前じゃ死ぬだけだぞ」

「どうでもいい！　俺はっ……」

「彼女も死ぬ」

「……！」

頭をガツンッと殴《なぐ》られたように、ハヤテの思考は停止した。

今のハヤテにはたとえあの場に戻っても、シェリーを助けることなどできない……それはあまりにも自明のことで、覆《くつがえ》せない事実だった。

「ちくしょう！　どうすれば……！」

「どうしたいんだ？」

男は問うてくる。

「……」

なぜそう感じるのかは分からない。

だがその男の声からは奇妙《きみょう》な懐《なつ》かしさを感じた。思えば、この白い空間もそうだ。謎《なぞ》の郷愁《きょうしゅう》がハヤテの心に吹《ふ》き抜ける。

しかし……それも一瞬のことだ。

「力が欲《ほ》しい」

ハヤテは男の問いに答える。

「力が欲しい。今この時、俺にシェリーを護れるだけの力が欲しい」

「……謙虚《けんきょ》な奴《やつ》だ。世界殺しの剣を持ちながら、望むのはそんなちっぽけなことか」

「小さくねぇよ」

男の嘆息《たんそく》をハヤテは否定する。

「俺にとっちゃ世界より大事な女だ」

「……プッ、ハッハッハッハッ！　お前はおもしろい奴だな！　俺とは大違《おおちが》いだ！　だが……いいぞ！　お前はすでに世界よりも重いものを手に入れたか！　それでいい！　それでいい！」

男は哄笑《こうしょう》する。

その大笑いに呼応するように、突然《とつぜん》ハヤテの右手に浮《う》かぶ結印が赤く輝き始めた。

焔《ほのお》の色が白い世界を埋《う》め尽くす。

「!?」

「第一階梯《かいてい》は開かれた」

もはや赤の世界と化した空間の向こうから、まだ大笑いしている男の声が届く。

「おいッ待てよ！　お前はいったい誰《だれ》なんだ!?」

「いずれ分かるさ……お前が記憶《きおく》を取り戻《もど》せばな」

男の声は意味深なことを言い、ついでとばかりにつけ加える。

「ひとつ忠告しておこう」

「!?」

「『魔神器《ゼーレ》』はお前の心に応《こた》える。お前の心の源泉がその女だというなら、自分の傍《そば》から離《はな》すなんて愚策《ぐさく》は二度と取るな。常に傍に置け。絶対に離すな」

その女というのはもちろんシェリーのことだろう。

あの時、ハヤテは彼女を逃《に》がすためにひとり残った——それが愚策だと言っているのだろうか？

「それさえ忘れなきゃ、まあそうだな——」

最後にこだまする男の声。

「——その女を護れるくらいの力なら、お前にいくらでもくれてやる」

▽

「!?」

覚醒はまたしても突然だった。

目に映ったのは、白い空間に飛ばされる直前の光景だ。シェリーはこちらへ駆《か》け寄ってくる途中《とちゅう》で、背中からは特大の殺気が七つ！

「————ッ！」

杖《つえ》代わりにしていた『レーヴァテイン』を地面から引き抜《ぬ》き、ハヤテは体を反転させる。

「「「「「「「ゴオオオオオオオオオオオオオオオオオオ!!」」」」」」」

七つ首は全《すべ》ての頭がそれぞれ別々の攻撃《こうげき》をしてきた。

獅子《しし》頭は火焔《かえん》のブレスを吐《は》き。

猿《さる》頭は万本の牙《きば》を砲弾《ほうだん》のように発射し。

鷲《わし》頭は血のように赤い毒液を撒《ま》き。

竜《りゅう》頭は稲妻《いなずま》の矢を浴びせ。

山羊《やぎ》頭は大地を一瞬《いっしゅん》で腐敗《ふはい》させる吐息《といき》。

狼《おおかみ》頭は極寒《ごっかん》のブリザードを。

半牛半馬は聞くだけで精神が破壊《はかい》されそうな不協和音を絶叫《ぜっきょう》し。

そのどれもが万の人間の死を招く攻撃であり、そのどれもがハヤテとシェリーめがけて放たれていた。

たったふたりの人間を狙う過剰攻撃《オーバーキル》。

だが――

「――足りねぇよ」

ハヤテの手に握《にぎ》られているのは世界殺しの剣《けん》。

過剰《かじょう》というなら、こちらの方がはるかに過剰だ。

なにしろ世界すらも殺しきる剣技の一端《いったん》とはいえ、それを所詮《しょせん》はたかが一生命体の魔獣に過ぎない七つ首に使うのだから。周辺にいる雑魚《キメラ》など端《はな》から数に入らない。

「魔神技《ラストオリジン》――」

大上段に構えた『レーヴァテイン』から炎《ほのお》の柱が迸《ほとばし》った。

かつてキュクロプスの大魔法を打ち消した時とは比べものにならない上昇《じょうしょう》気流が生まれ、灼熱《しゃくねつ》の暴風が谷底に吹き荒《あ》れる。

竜巻《たつまき》を炎の上昇気流で逸《そ》らすなどという、言ってしまえば小細工の域を超《こ》えた圧倒《あっとう》的な力技《ちからわざ》によって、七つ首の攻撃の全てが消し飛ぶ。

天まで届くその炎は世界の条理を超え――黄昏《たそがれ》色に輝《かがや》く。

それはまるで天を衝《つ》く大剣。

「――天壊劫火の断罪剣《ヘルフレイムデストラクション》!!」

まさしく天から振《ふ》り下ろされた炎の大剣は七つ首の巨体《きょたい》を丸ごと呑《の》み込んだ。

そこには焼き尽くすといった過程すらない。振り下ろした時点で、いや、ハヤテが断罪すると決めた時点で、七つ首の命運は完全に尽き果て、燃え尽きていた。

そして、天壊劫火の断罪剣《ヘルフレイムデストラクション》が振るわれた余波で、彼よりも前にいたキメラたちはまとめて消し飛んでしまっていた。

正確に言えば、谷の四方を囲んでいた山の木々もその四分の三が灰と木炭になり……もっといえば、山の一角が丸ごと跡形《あとかた》もなくなっていた。

少し……やりすぎたか、とハヤテとて思わなくもない。

だが、たいして後悔《こうかい》はなかった。むしろ全然なかったと言っていい。

なぜなら……

「ハヤテッ！」

「シェリー！」

あの時七つ首は、今ハヤテの腕《うで》の中に飛び込んできた彼女の命を狙《ねら》ったのだ。

そんな大罪人を断ずる剣がハヤテの『レーヴァティン』しかなかったのなら、彼は何度でもその断罪の刃《やいば》を振り下ろすことを躊躇《ためら》わない。

こうして、一歩間違えばかつてのシャルラッハロート領の悲劇のくり返しとなりかねなかった七つ首事件――大量発生したキメラにキマイラ、そして七つ首は、たったひと組の主従によって討《う》ち滅《ほろ》ぼされたのだった。

エピローグ

七つ首事件から二日。ハヤテたちは療養《りょうよう》のため未《いま》だヴェルデ家の厄介《やっかい》になっていた。

合成獣《キメラ》たちの大量発生……いや、巣を作っていたということは以前から大量にいたのかもしれないが、ともかくあの謎の魔獣《まじゅう》たちについてはすでに調査が始まっていた。

もっとも調査の進捗《しんちょく》は芳《かんば》しくないようだ。

それは地下にあった魔獣の巣と思われる建物が、合成巨獣《キマイラ》たちが地上へ出た際に全て土砂と瓦礫《がれき》に埋もれてしまったためだ。

(俺が見た人影《ひとかげ》も結局信じてもらえなかったしなあ……)

あの時、こちらを窓から覗《のぞ》いていた人影をハヤテは確かに見た。

けれど人と魔獣が一緒《いっしょ》に暮らしているはずがない、という理由で彼の話はロクに信じてもらえなかったのだ。目撃者《もくげきしゃ》が男のハヤテだけだったというのも信じてもらえなかった原因のひとつなのかもしれない。

まあ調査だなんだは専門家に任せておけばいいのだろう。

それはともかくとして、ハヤテたちは明日にも学院に帰ることになっていた。傷も治癒《ちゆ》魔法で完治しており、あとは帰ってクエスト終了《しゅうりょう》の報告をするだけである。

ちなみに当初はランクＣ相当だった今回のクエストは、キメラ・キマイラの大群及《およ》び七つ首の討伐《とうばつ》によって達成度に補正が加わり、ランクＳクエストを成し遂《と》げたのと同じポイントが入ることになったと、すでに《通信《アンゲルス》》でレーラから聞かされていた。

「まあ、あれだけ苦労してランクＣじゃ割に合わないよなー……とりあえず、これでまたシェリーの夢に一歩近づいたってわけか」

その点は、まあ頑張《がんば》った甲斐《かい》があったというものだ。

ハヤテはベッドの上に上半身を投げ出しながら、この数日間の苦労を思い出して盛大《せいだい》に息を吐き出した。

その時……コンコン、と控《ひか》えめなノックの音が聞こえる。

「はい？」

「……お邪魔《じゃま》しますわ」

ハヤテの部屋に現れたのは私服を着たビクトリアだった。

「どうした？」

「いえ……その……」

言葉を濁《にご》しながら彼女は部屋に入ってきて、そろそろとハヤテの隣《となり》に腰《こし》を下ろす。

「……」

ハヤテは上半身を起こしてビクトリアの方を見たが、彼女は髪《かみ》の先をイジりながらチラチラとこちらを見るばかりでいっこうに口を開こうとしない。

「……ん?」

何なんだろうと思い、ハヤテは下からビクトリアの顔を覗き込む。

「……ッ!」

彼と視線が合うと、ビクトリアはサッと頰《ほお》を紅潮させて視線を逸らした。

それからまた髪をイジりつつ、

「その……お姉様とお話ししましたわ」

と、そっけなく呟《つぶや》いた。

「おっ、そうか。で、どうだった?」

「……まあ、その……おかげで、いろいろとお姉様を誤解していたことが分かりましたわ」

「そっか」

ならよかった、とハヤテは安堵《あんど》のため息をつく。

まあ、あくまでシルヴァーナとビクトリアの間にあったのは言葉のすれ違《ちが》いであって、要はそのズレさえ直せば必ず上手《うま》くいくとは思っていたが、どうやら丸く収まったようだ。

「そ、それと……」

ビクトリアは意を決したように、いきなりハヤテの顔を摑《つか》む。

「……はい？」

何事？　とハヤテが訝《いぶか》しんでいると――不意に、ビクトリアのやわらかい唇《くちびる》が彼の頰に触《ふ》れる。

「え？　いや、はあ？」

あまりにも突拍子《とっぴょうし》もない行動にハヤテは目を白黒させながら、彼女の唇が触れたところを手で押さえる。

「なん、何す……え？」

「お、お礼ですわ！」

まだ頭の混乱しているハヤテに向かって、顔を真っ赤にしたビクトリアがほとんど怒鳴《どな》るように答える。

「おおお男の人に感謝の意を伝える時はこうするものなのでしょう⁉」

「また変に限定的な状況下《じょうきょうか》における勘違《かんちが》い⁉」

「え？　え⁉　メイド長に聞いたのですけれど、ま、間違っていましたの⁉」

「あ、いや……別に間違ってはいない……のか？　いや、そもそも何のお礼なんだよ？」

姉妹《しまい》の和解に関するお礼ならさっき言われた気がするが、こっちのキスは何のお礼なのかよく分からない。

「そ、それは……」

「？」

「また、魔獣からわたくしを護《まも》ってくださったでしょう？」

どうやらハヤテがひとりで合成獣《キメラ》の群れを足止めした時のことを言っているらしい。

ハヤテは少々複雑な表情になるが、ビクトリアはもじもじと指を絡《から》めながら言い訳っぽく言葉を重ねる。

「そりゃあ、あなたがシェリーさんを護るために残ったことは承知していますわ。……それでも、あんなカッコいいところを何度も見せられたら、わたくしだって胸が……鼓動《こどう》が速くなってしまうのですわ」

「……」

ビクトリアの話をハヤテは黙《だま》って聞いていた。

そして、彼が何かを答える前にビクトリアはベッドから立ち上がる。

「今はこれ以上何も言いませんわ。ですが、シェリーさんにお伝えくださいな――」

彼女は振り返り、ハヤテを指差す。

「――今はまだ好敵手《ライバル》の立ち位置に甘んじましょう。ですがいつか……わたくしは必ずあなたの恋敵《ライバル》になってみせますわ、と」

▽

そんなことが昼にあった日の夜。今度はシェリーが彼の部屋を訪ねてきた。

「よう」

「お邪魔するわ」

シェリーはごく自然な態度で部屋の中に入ってきた。

「……念のため訊《き》くけど、その格好でここまで来たのか？」

「ええ、もちろん」

彼女の格好はいつも寝《ね》る時の格好――要するに、あの着てる方が裸《はだか》よりもエロいネグリジェ姿だった。

「ほら、こっちに来なさいな」

ハヤテはシェリーに誘《さそ》われるまま、ベッドの上で彼女の隣に座る。

「……で？　何の用なんだ？」

「約束を守ろうと思って」

「約束？」

言われて……ハヤテはその「約束」が何か思い出した。

「生きて帰ってこられたら、私の一番大事なものをあげるって言ったでしょう？」

「お、おう」

「ハヤテは約束を守ったわ。だから、私も約束を果たそうかと思ってね」

「約束を果たすって……？」

「だから、私の一番大事なものをあなたにあげる」

シェリーの意味深な言葉にハヤテは軽く疑問符《ぎもんふ》を浮《う》かべる。

彼女の一番大事なものとは何だろう？

「……でも、私思うの。私の一番大事なものと言っても、所詮《しょせん》は没落《ぼつらく》した貴族だもの。売れば一生遊んで暮らせる宝石とか、ぽんと屋敷《やしき》をひとつ与《あた》えるなんてできるはずもないわ」

「そりゃま……そうだろうな」

「だから、こうしようと思うの。私の持っているものの中から、あなたが欲《ほ》しいと思うものを何でもあげる」

「シェリーが持っているものの中からねぇ……」

「あるいは――私にして欲しいことでも構わないわよ。あなたが望むことをひとつ、何でもしてあげる」

「!?」

最後にとんでもないものまで提示され、ハヤテはぎょっとしてしまった。

「な、何でも？」

「な・ん・で・も、してあげる」

ハヤテは改めてシェリーの格好を見やる。

その艶姿《あですがた》は、つまりそういうことを望んでいるようにも見えて……そう思うと、とてつもなく扇情《せんじよう》的に映った。

「ほら、私に好きなことしていいのよ？」

シェリーはベッドに手をついて、ハヤテの方へと顔を近づけてくる。

彼の方から言わせようとしているのだ。

「そ、れ、じゃあ……」

「ん？」

ハヤテはぐるぐると思考の定まらない頭で言葉を紡《つむ》ぎ出す。

「ほ……」

「ほ？」

「…………保留で」

「……」

微妙《びみよう》な沈黙《ちんもく》。

「何で？」

「いや、その……こ、心の準備が」

「ヘタレ」

「グフッ！」

「いいから何でも要求しなさいな、私の処女とか」

「何でもって言うならまずはお前に貞淑《ていしゆく》さを要求する！」

「却下《きやつか》」

何でもってのはどこ行ったんだ……。

しかし、この場合はどう考えてもハヤテの方が悪い。正直殴《なぐ》られたって文句は言えないくらいだ。

その覚悟《かくご》をしつつシェリーの次の行動を待っていると……やがて、彼女はため息をひとつ吐《つ》いて引き下がった。

「はあ、もういいわ。そういう雰囲気《ふんいき》でもなくなってしまった死ね」

「……なんか語尾《ごび》に殺意が含《ふく》まれてる気がするんだが？」

「ここまでした女子に恥《はじ》をかかせておいて、絞首刑《こうしゆけい》にされないだけマシと思うべきじゃないかしら」

ぐうの音《ね》も出ない。仰《おつしや》る通りだ。

「それで？」

「え？」

「保留って、私への命令権はいつまで保留するつもりなのかしら？」

「えーと……」

ハヤテはしばし考え、

「……『魔宴《ヴアルプルギス》』を制したら、じゃダメか？」

と答えた。

その答えに、彼女はまたため息。

「それはまた随分《ずいぶん》と気の長い話ね」

「そうなんだが……『魔宴《ヴァルプルギス》』を制して、お前の夢に大きな貢献《こうけん》ができれば、俺も堂々とした気持ちでお前の全部をもらえると思うんだ」

「……！」

お前の全部をもらう、という部分に反応し、シェリーは目を丸くする。

それは、つまり……。

「〜〜〜」

ハヤテは赤面し、頬《ほお》をぽりぽりとかく。

そんな彼に対してシェリーは微笑《ほほえ》み、

「そうね。じゃあ、『魔宴《ヴァルプルギス》』を制するまでお互《たが》いに我慢《がまん》しましょうか」

「ああ」

「じゃあ、今日のところは添《そ》い寝で我慢しておくわ」

「え？」

シェリーはさっさとハヤテのベッドの中にもぐり込み、目を閉じて寝たフリをしてしまう。

改めて確認《かくにん》するまでもないが、何度も言うように彼女は非常にエロい格好だ。

とはいえ、これ以上彼女の機嫌《きげん》を損ねたら氷漬《こおりづ》けにされそうだ。諦《あきら》めて、ハヤテも彼女の隣《となり》に体を入れて目を閉じる。

「……んんぅ」

寮《りょう》の部屋でベッドを並べて寝る時よりもシェリーの寝息が近くて、ハヤテはなかなか寝付けなかった。彼女の体温が思いのほか隣から伝わってくるというのもその一因だ。

それでもしばらくして、ようやく眠気《ねむけ》がやってくる。

うとうとし始め、やっとこのまま寝られるか――と思った時。

「ハヤテ――」

不意に耳元でシェリーが甘い囁《ささや》きで彼の名を呼ぶ。

「――絶対、最短の道で『魔宴《ヴァルプルギス》』を制しましょうね。でないと私、我慢ができなくなっちゃうから」

「ブッ!?」

?

その日、療養《りょうよう》を終えたハヤテ・ミツルギとシェリー・シャルラッハロートは、ヴェルデ家の出す馬車に乗ってディアスペル王立学院へと帰って行った。

「……」

遠ざかる馬車の姿をずっと遠く離《はな》れた位置から見送る人物がひとり。

それは市場でハヤテが感じた視線。

あるいはハヤテが地下の建造物の窓で見た人影《ひとかげ》。

その全《すべ》てが、この者の仕業《しわざ》だった。

「あれが『魔神器《ゼーレ》』の保持者とその召喚者《しょうかん》……」

確認のような独り言。

彼あるいは彼女は、あの地下建造物――〝研究施設《しせつ》〟の元研究員だ。

合成獣《キメラ》たちは元々その研究施設で人工的に創《つく》られた魔獣《まじゅう》だった。だが、ある日を境に研究が次の段階へ進んだ。そのため合成獣《キメラ》たちは施設ごと地下に封印《ふういん》されたのである。

しかし、最近になって一部の合成獣《キメラ》が封印を破って外に出て、度々《たびたび》人間に見つかっていることが判明した。近隣《きんりん》を治めるヴェルデ家がクエストを発したことを嗅《か》ぎつけた元施設関係者たちは、施設と魔獣の完全廃棄《はいき》を決定し、結果この者が送られてきたのである。

あとはクエストにやってきた者たちより先に施設を破壊《はかい》するだけ——だったのだが、そこでこの元研究員は偶然《ぐうぜん》、クエストを受けたのがハヤテ・ミツルギとシェリー・シャルラッハロートであることを知った。

『魔神器《ゼーレ》』の保持者とその召喚者は特別な存在だ。

そこで元研究員は独断で全ての施設の封印を解き、合成獣《キメラ》たちをまとめて解放してハヤテたちにぶつけたのだった。全ては『魔神器《ゼーレ》』の力を見るために。そして実際に目にしたその力は想像をはるかに超《こ》えていた。

「本当に素晴《すば》らしい力……ただ廃棄するだけの予定だった〝失敗作〟たちが、思わぬ形で役に立った」

自分たちで創《つく》り、あれほどの力を持ったキメラたちを〝失敗作〟と呼ぶ……その頭の中でいったい何を考えているのか、それは誰《だれ》にも分からない。

「フフフ……」

暗く嗤《わら》う、本人以外には。

あとがき

読者の皆様《みなさま》お久しぶりです。なめこ印《じるし》です。

こちらではおそらく四ヶ月ぶりになるかと思いますが、おかげさまで『俺と彼女が下僕で奴隷《どれい》で主従契約《けいやく》』第2巻を発売することができました。今回もお色気&バトル増し増しでお送りしております！

今巻はビクトリア回ということで、彼女にまつわるエピソードをメインに進行します。新キャラとしてお話の鍵《かぎ》を握《にぎ》る彼女の姉も登場します。これがまたビクトリアに負《ま》けず劣《おと》らず素晴らしいおっぱゲフンゲフンキャラクターなので、ぜひ本編の方でチェックしてくださいね！

当然のことながらメインの主従もラブにバトルに大活躍《だいかつやく》です。前巻に引き続きキルルとアリアも登場しますよ。彼女たちのかわいさにも注目です。

せっかくなのでもう少し中身の話を……。

単刀直入に言うと、なんと今回は水着回です。わーわーぱちぱちー。ヒロインたちがよう太《た》さんデザインの水着を着るというだけでもう鼻血が止まりません！　もちろん水着回に必須《ひっす》のあれこれイベントも完備してます。どうぞお楽しみに！　２巻でいきなり水着!?　早っ！　という部分もあるかもしれませんが、よく考えると１巻の時点ですでにヒロインのほとんどが裸《はだか》を披露《ひろう》しているので何も問題ない……はず！

あれ？　ここまでヒロインたちの話しかしてないや。も、もちろん主人公のハヤテもシエリーの下僕ライフを楽しみながら――たとえば同じベッドで彼女と寝《ね》たり、同じお風呂《ふろ》で彼女の体を隅々《すみずみ》まで洗ったり――あれ？　ここまですけべぇな話しかしてないや。バ、バトルでも大活躍してますよ！　本当ですよ!?

ところで作品の内容とは全然関係ないのですが……最近太りました。

普段《ふだん》人と会わないので気づかなかったのですが、この前友人に指摘《してき》されてはじめて気づきました。気づいてしまいました。

しかし何で太ったんでしょう。最近なんて家でずっと椅子《いす》に座りながら仕事してポテチ食べて仕事してアイス食べて仕事してジュース飲んで……あっ（察し）。

変な話になりますが、友人作家さんたちの話を聞くと、作家というのはガリガリに痩《や》せるかぽっこり太るかの二極化が激しいようです。「健康優良作家？　知らない子ですね」

……だとさすがにマズいので、いい加減運動を始めようかと思います。これもまた友人作家さんから聞いた話なのですが、「ジョギングを継続《けいぞく》するコツは雨が降らないこと」だそうです。一回雨が降って中断すると、その次に晴れた日もう一度始められるかで継続力を問われるんだとか……ウォーキングマシンっていくらかな。

目指せ健康優良作家！

最後に謝辞《しゃじ》を。

2巻もまたキャラクターやストーリー、それからサービスシーンなどでたくさん助言をくださった担当の小林様。お風呂のシーンを書いている時に「ここまでやってもいいのかな？」とビクビクしている私に力強いGOサインをくださって助かりました。今後ともよろしくお願いします。ありがとうございました！

イラストレーターのよう太様。お忙《いそが》しい中《なか》、2巻でも新キャラクター及《およ》びヒロインたちの水着などをデザインしていただきありがとうございます！　よう太様には1月発売のドラゴンマガジンで特集イラストも描《か》き下ろしていただき、そちらも肌色《はだいろ》成分満載《まんさい》の素晴らしいイラストで鼻血爆発《ばくはつ》ものでした。これからもみんなのド肝《ぎも》を抜《ぬ》くようなイラストをよろしくお願いします！

またこの本を出すにあたってご助力いただいた全ての皆様、ありがとうございます。

そして、1巻から引き続き最後までこの本を読んでくださった読者様と、新刊台で2巻を見つけて1巻と一緒《いっしょ》に買おうとしている（してますよね？　ドキドキ）読者様にも最大級の感謝を！

次回も乞《こ》うご期待！　それではまたいつかお会いしましょう。

二〇一三年一二月　なめこ印《じるし》

ヤテだけよ。ほかの誰にもあげないわ」
順調に『ランキング戦』を勝ち上がるシェリーとハヤテ。
しかし、なぜかシェリーは浮かない顔で……。
そして始まる学院祭。出し物のコスプレ喫茶にハヤテたちが
奮闘する中、その裏で暗躍する者たちの魔の手がシェリーに伸びる!?
COMING SOON!

「私がこの体を捧げる相手はハ
3巻
俺と彼女が下僕で
奴隷で主従契約

お便りはこちらまで

〒一〇二―八一七七
富士見書房　ファンタジア文庫編集部気付
なめこ印（様）宛
よう太（様）宛

富士見ファンタジア文庫

俺《おれ》と彼女《かのじょ》が下僕《げぼく》で奴隷《どれい》で主従《しゆじゆう》契約《けいやく》2

平成26年2月25日　初版発行

著者――なめこ印《じるし》

発行者――佐藤　忍

発行所――株式会社KADOKAWA
http://www.kadokawa.co.jp

企画・編集――富士見書房
http://fujimishobo.jp
〒102-8177
東京都千代田区富士見2-13-3
電話　営業　03(3238)8702
　　　編集　03(3238)8585

印刷所――旭印刷
製本所――本間製本

本書の無断複製(コピー、スキャン、デジタル化等)並びに無断複製物の譲渡及び配信は、著作権法上での例外を除き禁じられています。また、本書を代行業者等の第三者に依頼して複製する行為は、たとえ個人や家庭内での利用であっても一切認められておりません。

※定価はカバーに表示してあります。
落丁・乱丁本は、送料小社負担にて、お取り替えいたします。KADOKAWA 読者係までご連絡ください。(古書店で購入したものについては、お取り替えできません)
電話 049-259-1100 (9:00~17:00/土日、祝日、年末年始を除く)
〒354-0041 埼玉県入間郡三芳町藤久保550-1

ISBN978-4-04-070039-7 C0193

©Namekojirushi, Youta 2014
Printed in Japan

バーガント反英雄譚

30年前、バーガント大陸に魔族を率いて侵攻し、人類を敗北寸前に追い込んだ〈魔王《コシュマル》〉。だが、〈魔王〉は〈天聖騎士《エヴァンジル》〉と呼ばれる英雄によって滅ぼされ、大陸には平和が訪れた。世間では、そういうことになっていた。だが、真実は違う。だって、ジュヴレーヌ騎士学校の劣等生・シュンには、〈天聖騎士〉の父、〈魔王〉の母、そして物騒な野望と強大な力を持つ姉妹がいるのだから……。やがて世界を巻き込んで殺し合いを始めた姉妹の姿に、シュンは誓う。「ボクが元の平和な家族に戻すんだ」と。大切なものを守るため、最弱の落ちこぼれは英雄を目指す!!

雄が織り成す、叙事詩が開幕!

The anti heroic
of Burgun

1 騎士の国の最弱英雄
2 泣けない皇帝と剣聖少女
3 揺れる王都の騎士姫君
4 始まる戦争と終末姉妹
（以下続刊）

著 八街歩
イラスト 珈琲猫

ファンタジア文庫
史上最弱の英
間違いだらけの

ロムニア帝国興亡記
著：舞阪洸
イラスト：エレクトさわる
①翼ある虎
②風車《れきし》を回す風
（以下続刊）
か？ 皇子
国興亡戦史！

ファンタジア文庫
“うつけ”と評判の皇子サイファカール。次代の皇帝候補から外れ、歴史の影に埋もれる、はずだった。
だが、帝国を揺るがす報せが皇子の運命を大きく変える！
野に放たれた虎は帝国興亡の要となるのか!?
“うつけ”か？“英雄”
サイファカールの帝

イラスト／つなこ
ファンタジア大賞
原稿募集中!
賞金
大賞300万円
準大賞100万円
金賞 30万円　銀賞 20万円　読者賞 10万円
第27回締め切り
2014年2月末日
※紙での受付は終了しました。
最終選考委員
葵せきな（生徒会の一存）あざの耕平（東京レイヴンズ）
雨木シュウスケ（鋼殻のレギオス）ファンタジア文庫編集長
投稿も、速報もここから!
ファンタジア大賞WEBサイト
http://www.fantasiataisho.com
既存のライトノベルの枠に
とらわれない小説求む!
第2回ラノベ文芸賞も同サイトで募集中
ファンタジア文庫ファンに贈る
最高のライトノベル誌!
豪華付録、メディアミックス情報、
連載小説など、その他企画も盛りだくさん!
奇数月（1、3、5、7、9、11）
20日発売!!
ドラゴンマガジン
イラスト／つなこ